LINGE SALE ET SECRETS DE FAMILLE

Roman noir

CLAUDIA GRIMALDI

" *Il y a plus souvent de choses naufragées au fond d'une âme qu'au fond de la mer* "

VICTOR HUGO

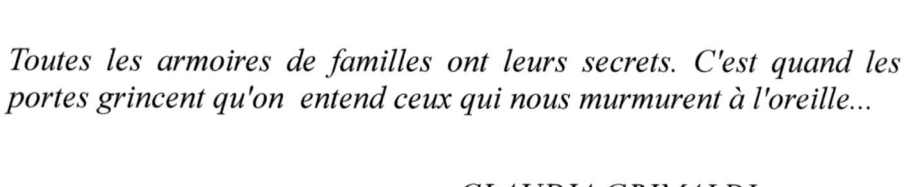

Toutes les armoires de familles ont leurs secrets. C'est quand les portes grincent qu'on entend ceux qui nous murmurent à l'oreille...

CLAUDIA GRIMALDI

à ma famille, pour tout son soutien.

Copyright   2019- Claudia Grimaldi

Editions BoD- Books on demand

12/14 Rond-Point des Champs-Elysées

75008 PARIS.

Impression BoD- Norderstedt- Allemagne.

ISBN :9782322163151

Dépôt légal : Décembre 2019

Préambule

Le choix d'Irène .

Dans une cabane bleue, en retrait derrière un spot de surf du bord de mer, Irène s'activait à la réalisation de son mur de souvenirs, à grand renfort de colle, de scotch et de ficelle. Ses cheveux bruns dans les yeux, elle affichait les derniers articles découpés sur lui ou de lui, dans les journaux et magazines en entourant en rouge sur chacun, les lettres et mots qui formeraient son message d'adieu. Cela donnait : « Occupe-toi de lui ». La cabane en bois peint était comme un grand journal intime, un jardin secret. Cette occupation était pour elle un puissant dérivatif, une sorte de revanche sur tout ce qui n'avait pas marché dans sa vie. Sa décision était prise depuis le matin, elle avait décidé d'en finir. Elle pensa que c'était son testament qu'elle laissait sur les murs, sauf qu'elle n'avait pas de dernières volontés et rien à transmettre. Son travail terminé, elle se recula un peu pour admirer son mur. Il y avait là des scènes de vie mondaine. Un homme souriait devant des photographes, riait près d'un buffet, un verre à la main. Il signait des autographes, posait avec des femmes devant des piles de livres. Il avait l'air heureux. Irène ajouta au milieu des articles découpés, la photo d'un enfant blond, donnant la main à une femme au portrait déchiré. Sa venue à lui était annoncée pour le grand sommet politique de fin août. Il allait revenir tant d'années après et Irène, elle, dirait adieu à ses regrets éternels, à son sentiment d'avoir raté sa vie. Quand elle était sortie de bonne heure de la grande « *Villa l'Aurore* » au milieu du parc, elle avait vu son père écrivant comme chaque matin, dans son bureau à la bibliothèque en citronnier. Martine, la fidèle employée de maison, était déjà à la cuisine. Le père et la fille ne se parlaient plus depuis la mort de la mère et Martine était sourde et muette. Irène parlait aux arbres ou toute seule, dans sa chambre ou dans la cabane de plage. Ce matin-là paraissait identique aux autres, son père ne l'avait pas regardée, il avait juste ronchonné à cause de la porte qui claquait derrière elle. Pour lui, elle ne comptait pas plus que la pendule au mécanisme détraqué, cliquetant sur la cheminée. Il la considérait juste comme un élément perturbateur, une ratée qui lui faisait des soucis, avec ses mauvaises fréquentations, son hygiène de vie déplorable et scandaleuse. Depuis la mort de sa mère,

Irène restait seule, incomprise et inoccupée dans la grande maison, en compagnie de la domestique, avec lui. Il bougonnait sans cesse, jamais content, fermé à double tour. Toujours, elle avait subi ses humeurs, se pliant à ses exigences, même pour l'éducation de son fils ainé, pour laquelle elle n'avait pas son mot à dire. Son garçon avait grandi. Il était devenu difficile après son accident, trop sensible et fragile, réclamant à grands cris à son grand-père, la même liberté que sa mère. Irène sortait, elle buvait et dansait, traînant son mal-être jusqu'au bout de nuit, à la recherche d'une liberté éphémère, d'un bol d'air pur, un peu comme une adolescente. Elle vivait sa vie en s'encanaillant dans les bars louches de la ville. Elle n'avait jamais parlé de son mal-être à son fils. Elle ne lui laisserait pas de lettre non plus. Gilbert avait filé de la grande maison à la première occasion, dès la mort de sa grand-mère. Il l'avait laissé, elle, Irène, avec le vieil avocat aigri qui semblait la rendre responsable de tout. Peut-être, pensa-t-elle en refermant la porte de la cabane, après avoir vidé le reste de la bouteille de whisky. Elle déposa le livre qu'il avait écrit, dans un sac plastique, sur un tabouret de bois blanc. Puis elle referma la porte sans tirer le verrou. Dehors, la mer était grise, agitée par le mauvais temps qui menaçait. Elle respira à pleins poumons l'odeur marine, sous le ciel bas et sombre. Elle pensa que le spectacle de la mer en furie lui manquerait. Puis, elle monta les escaliers raides du bord de mer. Arrivée sur la falaise, elle regarda longtemps en bas l'écume mousseuse qui jaillissait des vagues. Elle n'était pas triste, juste un peu grisée, un peu vide, mais résignée. Elle se retourna pour reculer jusqu'au bord du promontoire et imagina le vide derrière elle, au-dessus des cabanes colorées. Elle allait enfin être libre et décider de sa vie. Libre comme les goélands dont les cris stridents retentissaient dans un dernier salut, en contrebas, sur les spots de surf. Elle leur fit un signe en souriant. Elle n'avait personne d'autre à qui dire adieu, sauf aux oiseaux. Elle n'avait pas peur, mais plus envie de continuer à se battre. Elle se disait que ce n'était plus le moment d'hésiter. Elle avait décidé d'agir, sans que son père choisisse pour elle. Elle eut une pensée pour sa mère, qu'elle allait rejoindre et pour ses enfants, si loin d'elle. Elle se demanda si elle aurait mal en tombant, si elle s'en sortirait estropiée, peut-être. Elle ne voulait pas ça, non, sûrement pas. Elle se pencha pour voir encore la mer tout en bas. Dans un vertige, elle se dit que c'était bien assez haut, qu'elle avait bien choisi l'endroit. Elle regarda le ciel sombre et les nuages gris qui couraient dans le vent. En se retournant droit devant elle, elle la vit, elle, la mort. Habillée tout en noir, avec des lunettes aux verres fumés et un passe-montagne noir sur une casquette sans marque. La silhouette sombre tenait une ardoise blanche devant elle. Irène ne l'avait pas entendue venir. Le message était clair. Au marqueur rouge en lettres capitales, il était marqué :« VAS-Y IRENE, TU NE COMPTES POUR PERSONNE » . Elle écarquilla les yeux, tant la surprise était grande dans la pénombre tombée comme cette apparition noire. La mort tenait sous l'ardoise blanche un couteau pointu à la lame brillante, affûtée comme pour la chasse. Elle se tenait à quelques mètres d'Irène qui comprit qu'elle n'avait aucune possibilité de fuite. Son choix était vite résumé : le vide ou le couteau. La lame rentrait et sortait, avec le bruit de clic-clic, caractéristique du cran d'arrêt. Irène était comme hypnotisée par le déverrouillage de la lame. Un grand corbeau se posa dans l'herbe mouillée. Il portait un pot de yaourt sale dans son bec, qui brillait comme son plumage. L'oiseau le déposa sur un gros caillou couvert de mousse et se mit à croasser. Irène tourna la tête dans sa direction. Elle eut l'impression de se réveiller d'un mauvais rêve. Elle pensa que l'oiseau était là pour attirer son attention, qu'il était son allié pour tromper les apparences. Elle se dit qu'il était impossible que l'ombre noire soit réelle et qu'elle devait être le fruit de son imagination. Elle avait beaucoup bu, mais elle l'aurait vu arriver. Elle avait toujours été fascinée par les corbeaux et leur intelligence. Elle pensa que l'oiseau n'était pas là par hasard, toujours à l'affût des prédateurs. Il lui envoyait un signe, pour se ressaisir, ne pas se laisser aller à la tromperie, à la manipulation de son esprit confus. Elle regarda à nouveau les gants noirs qui tenaient l'ardoise blanche, aux lettres rouges. Elle voulait savoir qui avait écrit ce message et pourquoi.

— Comment saviez-vous que j'allais venir là ? Qui êtes-vous si vous êtes bien réel ? demanda Irène l'esprit aussi embrouillé que ses derniers mots.

La forme noire ne bougea pas et ne répondit rien. Le brouillard de mer ondulait en nappes collantes dans la pénombre qui envahissait tout le décor. Irène pensa qu'elle n'était plus libre de son choix, encore une fois. Elle sentit sa colère monter. Personne ne devait s'immiscer dans l'option qu'elle avait décidé de prendre. Elle avança vers la silhouette pour la contourner. Elle voulait revenir plus tard. La forme noire bougea pour l'empêcher de fuir et avança la lame brillante. Irène sentit que la peur montait en elle. Elle était prise dans les filets de la mort, le piège se refermait. Elle recula en la fixant sans la voir et fit bouger ses pieds, d'abord un, et puis l'autre, pour glisser dans le vide à une vitesse vertigineuse.

CHAPITRE 1

Ferdinand sur le quai.

Ferdinand Dupont sortit par le garage du bateau pour saluer les derniers copains, avant son départ à la retraite. Cela faisait presque une heure, qu'il embrassait, serrait des mains, avec sa vieille valise et sa doudoune orange. Le vieux marin se sentait un peu vidé, fatigué d'avoir tant déambulé, de la salle des machines en passant par les coursives. Il avait salué des gens au bar, au self-service, à la boutique. Tout le monde le connaissait et l'appréciait. Il avait fait exprès la traversée de nuit *Portsmouth- Bilbao*, pour profiter de sa dernière soirée à bord et boire à sa nouvelle vie. Bien sûr, il n'avait pas dormi. Il s'était dit qu'il se rattraperait quand il serait à terre. Il n'aurait plus rien à faire d'autre que dormir et traîner sa flemme toute la journée. Il ne réalisait pas encore qu'il ne naviguerait plus, que ce n'était pas une simple escale. Il rentrait définitivement au port et il se dit qu'il avait à faire. En premier, il devait aller au cimetière voir

Irène. La mère de Gilbert était morte huit jours avant, loin de lui, comme ils avaient vécu, séparés l'un de l'autre. Maintenant, il ne lui restait pour famille que Gilbert et son grand-père, le père d'Irène, qui avait aussi un frère, que Ferdinand ne connaissait pas. Heureusement que Gilbert avait quitté la grande villa, car Ferdinand n'avait jamais été le bienvenu là-bas. Dès le début de sa relation avec Irène, il avait tout de suite été rejeté par ce milieu chic et distingué, écarté par son avocat de beau-père. Il avait été la tête de rascasse patibulaire qui dépasse du panier. Bien sûr, il y a une différence entre un marin de profession et un marin du dimanche, qui sort son beau voilier pour épater les filles. Dans l'imaginaire collectif, Ferdinand savait que le marin des paquebots est un soudard qui pue la sueur, parle un sabir bariolé et a une fille dans chaque port, une bouteille dans une main, un coup-de-poing en préparation dans l'autre. Le plaisancier du dimanche, lui, a belle allure, avec une femme épatante à son bras, une coupe de champagne dans une main, un cigare coûteux dans l'autre. C'est indiscutable, on ne se mélange pas, Ferdinand avait fini par l'accepter, sans l'admettre. Il en souffrait encore, de n'avoir pas fait d'études, de n'avoir pas eu de carrière prestigieuse. Il pensait maintenant, que c'était moche de rabaisser les autres au rang de rien, en leur faisant sentir qu'ils n'étaient pas assez bien, sans code de conduite passe-partout. Il était juste marin, il le serait toujours. Il avait toute sa vie, voulu être quelqu'un de bien, qui respecte les gens, qui écoute les autres, qui rassemble, bref, un chic type, ce qu'on appelle aussi, une belle personne. Ce matin, Ferdinand était satisfait à l'idée de pouvoir être utile à Gilbert et enfin retrouver son fils qu'il n'avait pas vu grandir. Toute sa vie, sa vraie famille avait été sur les paquebots, les marins, les copains, parfois des fils ou des pères. C'était un cocon rassurant où tout le monde à son utilité. Sa femme avait été la mer, elle avait aussi ses humeurs, mais toujours elle l'avait repris, même après les tempêtes. Maintenant, il allait aider Gilbert dans sa boutique, achetée après son accident de moto, pour l'alléger de toutes les tâches fatigantes. Gilbert était handicapé malgré ses opérations. Il avait un pied reconstitué, une jambe rétrécie, maintes fois opérée. Il disait dans ses lettres, qu'il souffrait beaucoup et vivait avec la douleur, l'amie fidèle de toutes ses nuits. Gilbert devait venir chercher son père au Terminal sur le port, à neuf heures quinze. Ferdinand se réjouissait à l'idée de prendre son café du matin avec son fils, qu'il n'avait pas vu depuis son installation à Biarritz. Ils allaient instaurer une nouvelle routine, amorcer un nouveau tournant dans leur vie de famille. Arrivé sur le quai, devant le garage du navire, il se retourna une dernière fois vers *le baie de Seine,* son paquebot blanc à la belle ligne bleu marine, comme une vague en creux. Le bateau étincelait sous le ciel gris et la pluie fine de Bilbao semblait le faire reluire. Il était majestueux, posé comme un château sur l'eau noire et grasse du quai. Ferdinand le regardait avec dans les yeux, la petite flamme qu'on réserve aux femmes qui prennent des trains. Celles qu'on n'est pas sûr de revoir. Si la mer avait été sa femme, les navires avaient été ses maisons, les ports, ses rues et les gares maritimes, ses quartiers. Toute sa vie, il avait vécu dans une micro-société où chacun sait où est sa place, ce qu'il a à faire, où chacun travaille, à une fonction importante pour la bonne marche du navire. C'était une vie avec des responsabilités morcelées qui additionnées, bien distribuées, devaient rendre les passagers satisfaits. Les bateaux sont des villes flottantes sans le système des castes sociales, la solidarité prime toujours dans les éléments déchaînés. La mer en furie prend le marin comme son capitaine, elle ne demande pas le pedigree de celui qui va sombrer dans ses entrailles. Ferdinand leva la tête pour regarder tout en haut, sur le pont numéro neuf, réservé aux fumeurs et à la promenade des chiens.

Les copains le saluaient encore en criant son petit nom, avec des blagues grasses de marins. Il répondit par de grands gestes de la main, des mots qui filaient dans le vent de mer. Il n'était pas encore triste, il n'avait pas encore quitté le navire. Il ne savait pas encore ce qu'il ferait de sa vie d'après. Sûrement comme tous les jeunes retraités, il chercherait au début à s'occuper de façon désordonnée. Il remonterait ses ancres rouillées, à la recherche des habitudes de jeunesse. Enfin, après les derniers adieux, il pressa le pas et s'éloigna du navire pour ne pas faire attendre Gilbert. Il patienta longtemps devant la porte principale du terminal, puis il finit par rentrer dans le hall, trempé jusqu'aux os, car personne ne l'attendait. Seuls les goélands semblaient l'accueillir sur le port, en criant son nom au-dessus de sa tête. Il fila au distributeur de café et trempa une gaufre sèche dans son gobelet de plastique blanc. Puis, il alluma son téléphone, toujours fermé en mer pour éviter les mauvaises surprises sur les factures. Il vit que Gilbert l'avait appelé. Il écouta le message et tout de suite après, commanda un taxi pour aller à la gare et trouver un bus pour Biarritz. Il pensa que ces longues vacances commençaient mal. Gilbert avait besoin de lui et cela avait l'air urgent. Le chauffeur de taxi parlait un très bon français et était tout content de se rappeler ses belles années en Normandie, région d'origine de Ferdinand. Dans la circulation dense, il les revit défiler ces jeunes années au Havre, aux « *Gens de mer* », une institution bien connue des personnels navigants qui n'existait pas au Pays Basque. Là-bas, chacun pouvait profiter du grand voilier sous-verre, découpant les espaces dans la salle à manger, de la magnifique reproduction du paquebot « *France* » dans le salon. L'hôtel était situé à deux kilomètres du départ de la « *transat Jacques Vabre* » , une course de bateaux qui faisait rêver le vieux marin. Ferdinand avait embarqué très jeune sur les navires de la compagnie *P&0*, pour finir sa carrière sur ceux de la compagnie Brittany-Ferries, sur la ligne « *Bilbao Portsmouth* » après des trajets de l'Irlande à l'Angleterre. Il effectuait des traversées bien longues vers l'Espagne, là où il pleut moins, où le soleil tient compagnie aux marins qui s'ennuient. Dans sa jeunesse, Ferdinand aimait voyager dans « *Oceano Nox* » de « *Victor Hugo* » , pour assouvir un souvenir d'enfance, une envie de voyage, cap au nord en passant par le noir des nuits sans lune. Ferdinand n'était pas un marin sans culture. Il lisait beaucoup, mais juste tout ce qui racontait la mer, les bateaux. Bien sûr, il n'avait pas de bateau. Déjà, il était content de sa trouvaille pour dormir, louée pour une bouchée de pain, au fils d'un copain du ferry. Ici, au Pays Basque, il n'y avait pas d'hébergement prévu pour gérer l'accueil des gens de mer et puis les hôtels étaient chers. Ferdinand faisait partie de ceux qui dorment dans un hamac, un sac de couchage, une annexe de bateau, tant pis pour les courbatures. Il ne voulait pas encombrer Gilbert, dans son petit atelier-friperie. Il n'y avait pas de place pour deux là-dedans d'après les descriptions. Et puis être l'un sur l'autre jour et nuit, pas sûr que cela plairait à ce sauvage de Gilbert qui n'avait pas été élevé par lui. Donc, il allait bientôt prendre possession d'un vieux combi VW, vert anis, haut sur roues, avec son toit blanc et son pneu de secours accroché devant. Il était encore en partie, dans son jus des années 70 et servait au fils d'un copain pour entreposer ses planches de surf. Sur les photos, sa carrosserie avait des trous de rouille cachés par de multiples autocollants « *peace and love* ». La banquette de table ressemblait à une galette fine et défraîchie. Le lit au-dessus de la conduite, formait une toile de tente triangulaire qui semblait refaite. L'évier, le frigo et la plaque en inox étaient usagés, les rideaux semblaient d'époque et les sièges avant avaient dû être attaqué par un molosse. La mousse sortait du skaï comme la bave d'un chien enragé. Peu lui importait. Pour 300 euros, le mois,

Ferdinand trouvait que c'était très bien. Il allait être libre et pouvoir voyager un peu, si l'envie lui en prenait, car le van était roulant et bien entretenu du côté mécanique. Le jeune lui avait dit que le combi s'appelait Yolanda et datait de 1978. Le bon climat de la Californie avait grandement contribué à la conservation des pièces sous le capot. Il avait hâte d'y jeter son sac. Il était content à l'idée de vivre en bord de mer. De toute façon, il n'imaginait même pas finir sa vie loin de l'océan et le grand port de Bayonne lui convenait aussi bien que celui du Havre. Les villes de l'atlantique et de la manche vivent au rythme des marées. Les jeunes en font un art de vivre, les vieux en vivent avec toute leur famille, c'est leur décor. Ensuite, il se disait que quand Gilbert irait mieux, il s'achèterait un rafiot à restaurer, pour avoir son propre bateau. Il imaginait déjà la rénovation achevée et le bateau prenant enfin la mer, lui au gouvernail, les yeux brillants d'excitation et Gilbert se reposant sur le pont. Et puis surtout, il voulait retourner dans ce qui aurait dû être sa belle-famille. C'était pour Ferdinand, comme une revanche sur le passé, il devait le faire, droit dans ses bottes et se présenter à nouveau à la *"Villa l'Aurore"*. Il pensait que sa vie aurait été tout autre, s'il n'avait pas exclu, si on l'avait accepté, même marin, même souvent absent, surtout riche de ses voyages. Il raconterait tout ça à Gilbert et apprivoiserait son fils dont il avait été éloigné à cause de la belle-famille. Rarement, ils parleraient d'Irène, la femme d'un soir, la mère trop jeune.

Tous les deux le savaient bien, ça ne servirait pas à grand-chose de remuer le passé. Il valait mieux laisser les souvenirs près du phare que d'essayer de recoller les pièces disparates. L'alliance formée d'un marin, un peu porté sur la bouteille et d'une fille de bonne famille, qui passait le temps à s'encanailler dans les bars louches de la nuit, n'avait pas fonctionné. Rien ne s'était passé comme dans les films au romantisme cousu de gros fils blancs. Quand Gilbert était né, la belle-famille avait opté pour l'idée qu'il sorte d'un chou plutôt qu'envisager une mésalliance avec le jeune inculte et rustique qu'il était à l'époque. De toute façon, Irène préférait l'enfant à un mari encombrant, non rompu aux codes de son milieu privilégié. C'était plus facile à gérer.

Ferdinand demanda au jeune chauffeur de prendre un autre trajet pour éviter de rater le bus pour la France. Il y avait des embouteillages monstres, des forces de l'ordre avec des pistolets-mitrailleurs à tous les carrefours. On ce serait cru en état de guerre. La voiture fut arrêtée plusieurs fois pour des contrôles. Ferdinand savait que tout ce bazar était en prévision des débordements du contre G7, en réponse au sommet des sept pays les plus importants de la planète, du moins ceux qui n'avait pas été exclus. Il l'avait oublié, celui-là et maintenant était tombé en plein dedans. Ferdinand pensait comme beaucoup, que cela ferait beaucoup de bruit pour pas-grand-chose. Comme prévu, à force d'avancer au pas, il rata de peu son bus pour la France devant la gare routière. Il tendit un billet de cinquante euros au chauffeur pour qu'il l'amène le plus vite possible au commissariat où Gilbert l'attendait.

CHAPITRE 2.

Lucien en bas de la falaise.

Dans son bureau défraîchi du commissariat central, aux murs recouverts d'un grand sticker de village basque, rue grise, maisons blanches aux volets rouges, le capitaine Lucien Andriani, dit Indi ou le Corse, lisait les journaux en tripotant sa grosse moustache. Il avait grandi à Bayonne, né d'un père Corse et d'une mère Basque. Son premier surnom était lié à son style baroudeur, santiags ou chaussures de rando et chapeau en cuir, le second le ramenait au nom de son père, né à Propriano en Corse-du-Sud. Lucien allait être à la retraite dans six mois et appréciait sa fin de carrière tranquille au soleil basque. Ses journées de travail étaient longues, sans qu'il rechigne à la tâche. Quand il rentrait le soir, personne ne l'attendait. Il était célibataire, sans enfant. Sa seule famille, depuis le décès de ses parents sur une route de Corse, se résumait à son chien Indi II, un gentil cabot d'une race indéterminée, récupéré errant dans un cimetière. Il s'estimait heureux comme ça, en bonne santé, sans problèmes financiers, ni avec personne. Quand il ne travaillait pas, il faisait son jardin, s'occupait de sa petite maison, qu'il bricolait et entretenait au mieux, comme tous les célibataires endurcis. Il aimait l'ordre, le respect de la loi, le café, la bière, les copains, le sport, les voyages insolites, avec son sac à dos et ses chaussures de marche. Il faisait une grande randonnée tous les ans, pour explorer tous les déserts du monde. Dès qu'il était rentré de ses expéditions, il préparait déjà la prochaine. Pour son futur voyage, il était tenté par le désert de Gobi. On disait que c'était le plus beau du monde. Il n'était plus jamais retourné à Propriano, en Corse, où ses parents étaient enterrés au cimetière marin. Ils étaient morts sur la route d'Ajaccio, un soir d'été, en rentrant dans l'appartement de famille du père. Le trois pièces face à la mer avait été vendu, il fallait tourner la page. Lucien était alors lieutenant de police à Bayonne, où il avait été élevé. Il n'avait pas eu suffisamment de congés pour aller en Corse cet été-là. Après l'accident, il avait laissé couler le temps qui efface tout, au rythme des marées. Puis, il avait demandé sa mutation au commissariat de Biarritz où il finirait bientôt sa carrière. Il ne voulait pas rester à Bayonne où il avait tous ses souvenirs d'enfance. Pour l'heure, Lucien Andriani finissait tranquillement la page des faits divers de la région de Biarritz, c'était calme, en attendant la tempête dans moins de huit jours, pour le G7. Pour le sommet des grands de ce monde, on attendait entre 4 000 et 5 000 personnes et 3 500 journalistes accrédités, en plus des nombreuses forces de l'ordre. On ne parlait que de ça ! Certains collègues se réjouissaient des bonnes affaires en perspective, car les autorités avaient été à la recherche de logements. Beaucoup de gens n'hésitaient pas à prévoir de s'entasser chez les uns ou les autres, pour profiter de l'aubaine financière en louant à prix d'or leurs logements. En effet, les 5 200 chambres d'hôtels du Pays basque, en plus des 2 000 autres dans les landes ou la ville de Pau ne suffiraient pas. Lucien comprenait, fallait bien vivre. On n'allait quand même pas pas s'arrêter de respirer parce que la planète toussait et que quelques chefs d'Etat étaient à son chevet. Lui aussi, avait été approché, mais, il avait refusé de louer sa petite maison. Lucien savait déjà que cette réunion politique allait bousculer la vie tranquille des Biarrots. Il se disait aussi que ce serait un répit pour les policiers de la ville, vu le déferlement de sécurité qui s'annonçait. Déjà, la C.I.A avait pris position sur les toits autour du Casino. Lucien pensait qu'il y aurait sûrement plus à craindre des manifestations et regroupements politiques non autorisés, que de la recrudescence des vols de sacs de grand-mères et des crimes crapuleux. Il était prévu pour cette réunion des chefs d'Etat des sept pays les plus riches du monde, 13 200 agents de l'Etat mobilisés. Il fallait aussi compter sur les unités spécialisées, la brigade de répression du banditisme, les équipes canines. En plus, on pouvait ajouter plus d'un millier de personnes pour la sécurité en provenance des Etats-Unis. Au moins vingt-quatre délégations étrangères en comptant les pays invités, étaient attendues dans la petite ville basque de vingt-cinq mille habitants. Déjà, des vans noirs américains étaient stationnés en centre-ville pour les repérages de sécurité. La ville allait être transformée en bunker pour le G7, de la Mairie au centre de congrès de Bellevue, du Casino à l'Hôtel du Palais. Le grand palace construit sous Napoléon III pour son épouse espagnole Eugénie de Montijo allait accueillir pendant quatre jours les sept principales délégations dans plus de 150 chambres, 30 suites et appartements. Les tableaux rares, le mobilier unique, les tapisseries raffinées allaient ravir les invités de marque et leur offrir une vraie leçon d'art de vivre à la Française. Le touriste lambda, lui, allait déserter Biarritz dès le vingt-deux août, bien obligé, sans train ni aéroport, accessibles pendant quatre jours. Il ne pourrait que remballer sa serviette de plage et sa combi de surf. Des milliers de barrières métalliques s'accumulaient déjà dans les deux zones protégées. Dans la zone rouge, lieu sensible, bourré d'officiels et de chefs d'Etat, le mécontentement commençait à monter. Des restrictions de circulation allaient être mises en place, même à pied. C'était prévisible. Les riverains allaient devoir montrer patte blanche, sans oublier leur badge Z1 et leur pièce d'identité pour circuler à pied. La zone bleue allait être réservée aux détenteurs du badge Z2 et seuls les véhicules munis d'un macaron spécial pourraient rouler, autant dire, pas grand monde. On avait même prévu de vider les parkings souterrains. Lucien tomba sur un article de Jean-Martin Dupré, journaliste au *Huffington post,* envoyé spécial permanent à Paris. Le geek du bureau lui avait imprimé l'article, comme il le faisait souvent en période de coup de feu. Le nom du journaliste lui disait quelque chose. Il pensa que c'était peut-être un parent du célèbre avocat de la ville. Le journaliste avait l'air bien informé en anticipant le quotidien des habitants excédés par les mesures de sécurité. Il relatait le programme du contre-sommet d'Hendaye-Irun, créé par une multitude d'acteurs du Pays Basque, autour d'un appel commun contre le G7. Des précisions étaient données pour accueillir les opposants, lieux de camping, de restauration, d'animations, débats, tout cela ressemblait de loin à une grande fête populaire pour construire un nouveau monde, alternatif au capitalisme et aux multinationales. Les représentants des plateformes Alternatives G7 s'engageaient à mener des actions "non-violentes", le rêve éveillé... On racontait déjà un peu tout et n'importe quoi. On n'allait plus avoir le droit de se baigner, d'accéder à la grande plage, de se mettre sur son balcon, de photographier. On allait quand même avoir le droit d'ouvrir ses volets ! C'était placardé dans les halls d'immeubles de la zone rouge. Pas mal, quand on a la chance d'avoir des fenêtres donnant sur la mer. On disait même que le chef d'Etat américain arriverait en porte-avion au large de la grande plage. Peut-être aussi, qu'il boufferait une glace chez le plus célèbre glacier de la promenade en privatisant le lieu, du grand n'importe quoi ! marmonna Lucien. Un représentant des policiers de Pau disait qu'ils allaient faire les trois-huit, comme à l'usine et prendre le bus pour se rendre à Biarritz, faute de bénéficier de l'hébergement des grands hôtels. Les avocats allaient assurer une permanence non-stop pour les comparutions immédiates et avaient déjà prévu de dormir dans les bureaux ou au sol-sol du palais de justice, aménagé en dortoir pour l'occasion. Pas sûr que Maître Dupré participe à ce camping-là. Cette pensée fit rire Lucien. Il imaginait mal le grand avocat prétentieux vautré sur un lit de camp, tout juste bon pour son chien !

Un autre journaliste précisait que le centre de rétention d'Hendaye allait être fermé et vidé de ses occupants pour être transformé en local de garde à vue. Si beaucoup ne croyaient pas un instant qu'il sortirait quelques avancées du fameux sommet, d'autres voyaient là l'occasion d'en découdre. Des bâtiments en préfabriqués allaient être installés à Bayonne devant le palais de justice pour accueillir les prévenus gardés à vue. Un genre de cabanes de Noël d'été, moches et exigües, ricana Lucien. En attendant toute la mobilisation exceptionnelle des forces de l'ordre, des pompiers et de la justice pour neutraliser toute manifestation violente qui éclaterait en marge du G7, dans huit jours, Lucien passait une belle journée de fin août, au ciel bas, avec un petit vent jouant avec les nuages. Il se dit en sirotant son café jus de chaussette réchauffé depuis le matin, que cela ne durerait sûrement pas, car la météo prévoyait encore des averses dans la soirée. Ce qui n'était absolument pas prévu en revanche, c'était l'arrivée en fanfare du Commandant à la moustache de mousquetaire, Jacques Marchand. Il entra complètement excité dans son bureau. Le commandant ramassa sans ménagement le blouson en cuir de son collègue pour le lui balancer.

— Tu bouges Lucien, la fille de l'avocat Dupré s'est jetée de la falaise, on va faire les constats et on se dépêche avant d'avoir des problèmes avec le vieux !

Lucien savait que le vieux était le redoutable avocat Maître Bertrand-Henri Dupré. Il ne valait mieux pas le contrarier, car il avait le bras plus long que la carrière des deux flics. Les deux policiers s'installèrent dans la vieille 308 blanche et filèrent jusqu'à la côte des Basques. Près du corps désarticulé d'Irène Dupré, présentant de nombreuses fractures et de multiples ecchymoses se tenait déjà le médecin qui établissait le certificat de décès avec « obstacle médico-légal » soit, une demande d'autopsie. Un couple qui avait trouvé le corps était retenu par deux collègues en uniforme, qui formaient un cordon de sécurité. Le père d'Irène, vieux, mince, chic et droit se tenait près du médecin en fumant avec grâce, pas le genre à tenir sa cigarette façon cow-boy. Jacques fit presser Lucien en apercevant sur les hauteurs, la voiture de sport rouge du substitut du Procureur Mauléna qui s'était déplacé depuis Bayonne. Il fallait mieux être avant lui sur les lieux, car le père de la victime l'avait lui-même appelé à la rescousse. Jacques retourna le cadavre d'Irène, dont les cheveux blonds avaient viré au rouge. Il fouilla ses poches à la recherche d'une lettre ou de médicaments, sous le regard détaché du père. Le Procureur ordonna l'autopsie, qui devait révéler qu'Irène Dupré avait absorbé plus d'un demi-litre d'alcool fort.

Les deux policiers assistèrent à l'enterrement quand Maître Dupré, entouré de son petit fils Gilbert, fils de la défunte et de sa servante, sans âge, fit inhumer sa fille unique près de sa femme. Sous la pluie fine de fin d'été, Lucien nota sur son épais carnet noir à spirales, qui contenait quelques notes ordonnées pour chaque affaire, avec un début et une fin : « *Dossier à suivre* ». Sous le parapluie, il échangea quelques impressions avec Jacques, sur le petit-fils et l'avocat, s'accordant sur le fait que ces deux-là ne paraissaient pas très affectés par cette mort brutale. Même devant le cercueil d'Irène, ils ne semblaient pas débordants de cordialité l'un envers l'autre. On aurait dit que la servante silencieuse faisait le lien entre les deux. Ce n'était pas pour les deux policiers, un enterrement ordinaire. La morte était la fille d'un notable de province, très respecté dans le milieu judiciaire. Tous ceux qui le connaissaient se devaient d'aller au cimetière. Ses collaborateurs comme les auxiliaires de justice qui filaient doux, dans les prétoires et dans le commissariat. Les magistrats instructeurs de Bayonne, les substituts et le Procureur qui se tiendraient bien droits, alignés comme à une remise de médaille. Le Maire et ses adjoints qui allaient faire aussi le déplacement. La grande compétence de Maître Dupré et sa droiture étaient reconnues unanimement. Quand son nom apparaissait sur un dossier, les Procureurs se réjouissaient d'avoir des échanges enrichissants, sans coups tordus, dans le pur respect de la procédure. Il était, LE grand avocat du barreau dans cette petite ville de province. Et bien sûr, personne ne se serait risqué à évoquer sa douleur d'avoir perdu sa fille aussi tragiquement. On marmonnait juste toutes ses condoléances en osant lui serrer la main. Certains murmuraient dans les allées encombrées du petit cimetière, qu'Irène Dupré était morte dans un accident de voiture. Un peu comme quand on dit de quelqu'un, qu'il est décédé à la suite d'une longue maladie. C'est plus sobre que de dire, cancer, sida, suicide. Un accident de voiture, c'est regrettable mais banal, ça n'appelle pas trop de commentaires. C'est un peu, comme se faire écraser en traversant dans les clous, c'est la mort de Monsieur tout le monde. De toute façon, le grand Maître ne donnait jamais dans la familiarité, ne se prêtait jamais à la confidence. Il ne fallait pas s'attendre à avoir une quelconque emprise sur lui. Les indiscrets et les curieux restaient sur leur faim. Cela n'empêchait pas les gens de chuchoter dans son dos. Mais ici, le vent de mer était souvent si fort qu'il emportait tout sur son passage. Il ne restait alors que des murmures que le grand avocat feignait avec l'âge de ne plus entendre.

CHAPITRE 3

Jean-Martin Dupré, après la mort d'Irène.

Il était tard et Jean-Martin Dupré gara sa voiture sans difficulté sur le bord de mer. Il pleuvait toujours de cette pluie fine presque chaude dans la température douce de l'été. Jean descendit tous les lacets et les escaliers qui surplombaient la plage où il avait rendez-vous. Il faisait nuit et personne ne s'aventurait plus, sur cette promenade suspendue au magnifique panorama sur l'océan atlantique. Ce n'était pas encore l'heure de la dernière promenade des chiens. Les spots de surf venaient de fermer. Les cours avec les petits surfeurs terminés, les jeunes moniteurs avaient filé pour boire un verre sur la grande plage. Jean-Martin avait de bons souvenirs du glacier du port, avec ses coupes de glace géantes. C'était le temps de l'enfance à la mer, avec son frère, sur les hauteurs de la ville. Il y avait longtemps, qu'il n'était plus revenu, depuis la mort de sa grand-mère. Malheureusement, il n'avait pu être présent pour l'enterrement d'Irène, la fille de son frère ainé. Et puis l'entente avec son avocat de frère avait toujours été tendue. Il avait préféré prendre la distance, aux quatre coins du monde, où son travail de journaliste l'appelait. Ce soir, il était revenu au pays Basque, pour couvrir le sommet du G7 dans huit jours. Il profitait de l'occasion pour retrouver les terres de son enfance et prendre un peu de vacances. Dès que l'avion de Paris s'était posé, il avait trouvé un texto anonyme en rallumant son téléphone : « *J'ai une révélation capitale à vous faire. Je vous donne rendez-vous à 19 heures ce soir, devant les spots de surf, sur la côte des Basques. Vous irez derrière celui du milieu, dans une cabane bleue en bois, vous la reconnaîtrez grâce à un chiffon rouge, accroché à la porte* ». Le message l'avait intrigué et la mer l'avait attiré. Il avait hésité, puis, il s'était décidé par curiosité. De toute façon, il aimait le bruit des vagues, l'odeur de la marée et il avait l'habitude à la pluie fine de son enfance. Il était en avance et arpenta la promenade, poussé par le vent. La plage était presque déserte à part deux promeneurs de chiens, au loin, emmitouflés comme au pôle Nord. Il se retourna pour regarder vers les escaliers et voir si quelqu'un venait. La mer était basse et se promener sur le sable humide lui faisait envie. Mais il ne voulait pas mouiller ses belles chaussures en cuir faites sur-mesure à New York. Il tenait beaucoup à son apparence à presque soixante-deux ans. Le sel aurait laissé sur ses chaussures des traces blanches disgracieuses. On s'attendait à voir un grand journaliste et un écrivain irréprochable, pas un type aux chaussures souillées ni au pantalon dégoulinant de flotte et sentant la marée. En regardant sa montre en or, il vit que l'heure du rendez-vous approchait et retourna sur ses pas. Tout de suite, il trouva le cabanon au chiffon rouge, derrière le comptoir en bois du spot de surf. La porte mal fermée claquait au vent. Un parasol hors d'âge était retourné devant et il menaçait déjà de s'envoler avec les rafales venteuses qui montaient avec la marée. Jean pensa que cela pourrait devenir dangereux et décida de le rentrer à l'intérieur. Quand il fût tout près de la cabane bleue, il vit tout de suite par la porte entrouverte, la petite table en bois de palette peint en blanc. Dans un sac transparent, il y avait sur la table un livre à la couverture rouge. Son livre, celui qu'il avait écrit et qu'il venait aussi dédicacer. Il entra dans la cabane pour s'abriter du vent et de la pluie qui redoublaient. Avec la lampe de son téléphone, il envoya un faisceau lumineux sur les murs, tenant toujours le sac avec son livre à la main. Qui pouvait bien louer cette cabane dont les murs étaient tapissés d'articles de journal, sur son livre, ses soirées mondaines à New York, à Paris, sa vie à lui ? Que signifiaient ses lettres entourées de rouge ? En plein milieu de cette toile d'araignée géante faite de corde fine et blanche, il y avait un espace libre sur le bois. Entre les articles de presse, dans cet espace blanc, en lettres capitales écrites en rouge, il y avait ces mots : « JE ME SOUVIENS » . Jean se laissa tomber au sol, étalant avec peine ses grandes jambes sur la surface réduite de la cabane. Il examina longuement les articles collés au mur et se dit que c'était comme un jeu dont on n'a pas les règles. Il sortit le livre de son sac. La photo polaroid aux teintes passées et à moitié déchirée d'un enfant aux courts cheveux châtains s'en échappa. Qui était cet enfant sans sourire, aux yeux clairs écarquillés, qui tenait dans une main une boîte en carton et donnait l'autre main à une femme invisible, dont on avait déchiré le portrait ? Il pouvait avoir quatre ou cinq ans et portait un pantalon long ce qui rendait assez impossible la détermination du genre, garçon ou fille. Il était habillé en été avec un tee-shirt clair. Jean examina longuement la photo et pencha pour un garçon malgré les traits fins. Puis il la photographia comme le mur plein d'articles sur lui, avec l'inscription au marqueur rouge et referma son téléphone. Il décida de retourner en ville, car personne n'était au rendez-vous. Il se demandait encore pourquoi on l'avait attiré là. Aucun individu n'attendait sur la plage et le temps devenait franchement moche. Les deux promeneurs de chiens étaient partis depuis longtemps, chassés par le vent furieux. Il pressa le pas dans les marches et attaqua la montée sans rencontrer personne. C'était raide, il trouvait cela un peu inquiétant dans son enfance, avec les buissons aux ombres menaçantes sous l'éclairage jaune et tremblant des réverbères. Enfin, il vit la route où les vans de surfeurs stationnaient à la queue leu-leu sous la pluie cinglante. Jean tenait fermement à la main son livre emballé, qu'il avait pris dans le cabanon. Il traversa derrière un van éclairé où des jeunes riaient par-dessus une musique endiablée. Il marcha au milieu de la route à la recherche de sa voiture de location blanche, dont il ne visualisait plus du tout la plaque d'immatriculation. Derrière lui, il entendit un bruit de roues qui grinçaient en suivant ses pas et résonnaient dans la nuit. Il pensa à se retourner, un peu inquiet et il sentit ses palpitations cardiaques augmenter. Il décida plutôt de zigzaguer entre les voitures pour retrouver la sienne. Il se dit que cette technique lui permettrait de regarder sur les côtés, sans faire volte-face. Il ne vit rien venir. Jean-Martin Dupré reçut un grand coup sur l'arrière du crâne, comme une mauvaise claque, avec un truc plat et dur, qui le projeta le nez en avant sur le trottoir. Sa tête cogna sur une plaque d'égout et s'enfonça dans le caniveau qui débordait. Il pensa qu'il serait tout sale pour les dédicaces à l'Hôtel du Palais demain, car il n'avait pris qu'un seul costume. Cela ferait mauvais effet, avec peut-être, quelques incidences fâcheuses sur la vente de son bouquin. Il se dit qu'il avait mal dans toute la tête. Il pouvait bouger les mains, mais pas se redresser, plié en deux dans son caniveau où il s'était aussi cogné le nez et le front. Il sentait l'odeur des égouts sous sa tête. Jean entendait tout, le vent qui sifflait, la musique des jeunes surfeurs. Il entendait l'eau du caniveau qui glougloutait à son oreille, ressentait la caresse de la pluie qui tombait sur sa tête. Un jeune était sorti pour pisser. Il entendait le jet qui le faisait rire. Il se dit en souriant que peut-être, il se soulageait contre une serrure de voiture. Surtout, Jean entendait toujours ce truc qui grinçait, pas loin de lui et puis quelqu'un qui marchait sur la route, en traînant quelque chose. Il se demanda s'il devait vraiment appeler pour qu'on l'aide à se redresser. Il se dit que c'était mieux de faire le mort. Peut-être qu'il allait mourir, là, dans le caniveau, comme un pauvre déshérité des rues de New York sous la neige avant Noël. Il eut envie de rire en pensant que ses articles et son livre lui survivraient, qu'il serait un grand journaliste-écrivain posthume. Il se dit que c'était étrange cette sensation de ne plus rien pouvoir faire, comme dans les cauchemars quand on veut crier et qu'on a peur. Il essaya encore de se retourner vers le ciel puis s'évanouit.

CHAPITRE 4

Gilbert, le soir de l'agression de Jean.

Cette soirée-là, Gilbert était mécontent, car il avait à nouveau ses horribles maux de tête, récurrents depuis son accident de moto, quand il avait été fauché par un camion, deux ans auparavant. Son pied gauche, réduit en charpie reconstituée et sa jambe, maintes fois opérée, lui faisaient un mal de chien. Du coup, comme souvent les gens qui souffrent trop, il était irascible et un petit rien le contrariait. Il avait souvent des idées noires et des envies d'en finir. Il avait aussi l'impression que sa vie était foutue, que les filles avaient pitié de lui, qu'elles riaient dans son dos, que les gens le rejetaient. Ce soir-là, il était surtout énervé contre son grand-père, car ce vieux capitaliste rechignait à lui avancer de l'argent, comme s'il voulait être enterré avec son fric ! Quand il avait vu la veille, il avait eu envie de l'étrangler et de pousser par le balcon sa servante qui ricanait sous cape. Gilbert était sûr qu'elle influençait les décisions de générosité du vieux, rien qu'en étant là, avec son air de ne pas y toucher. Bien sûr, elle avait toujours été gentille avec lui et l'avait élevé plus que sa mère. Mais maintenant, il sentait son hostilité. Elle n'était pas du genre à écrire à son grand-père pour l'aider à obtenir ce que Gilbert réclamait. Bon, il avait la boutique-atelier, mais ça ne marchait pas fort. Même s'il avait payé le commerce avec l'indemnité de l'assurance, dont il ne restait plus un centime. Il avait beaucoup de difficultés à tirer un revenu des fripes de luxe qu'il entassait. Pourtant, c'était un lieu sympa, jeune, branché, avec de la musique, du café. Les habitués appréciaient l'endroit. Mais ça ne suffisait pas pour payer les factures et donner trois sous à Gaspard qui tenait la boutique. Gilbert peignait depuis longtemps et avait envie d'ouvrir une galerie d'art pour accrocher ses propres tableaux. Il imaginait un lieu avec des vernissages interactifs et des animations. Un espace culturel avec des cours pour enfants et adultes, un lieu qu'il pourrait aussi louer à d'autres, pour des expositions personnelles, d'une semaine ou plus. Un endroit, pour les manifestations collectives, sur des thèmes qui rassembleraient le plus d'artistes possibles, moyennant droit d'accrochage, bien sûr. Le problème, ce n'étaient pas les idées, elles lui arrivaient tous les jours, c'était l'argent. L'indemnité de l'assurance avait été engloutie dans la boutique.

Maintenant, il dépendait à nouveau de son grand-père, comme quand il vivait encore chez lui, du temps de sa mère et de sa grand-mère Pauline. C'était le temps des interdits, que dictait le vieil avocat tous les jours, le temps des cris contre lui, contre sa mère. Ils rêvaient tous deux de s'échapper, de fuir l'autorité du chef de famille. Sa mère l'avait fait, définitivement, en se jetant de la falaise. Gilbert savait que ce n'était pas un accident. Cette version plaisait mieux au vieux, c'est tout. Dans ce milieu chic et distingué, on ne divorce pas, on ne se suicide pas, on ne meurt pas du sida ou d'un cancer. L'idéal, c'est quand même de vivre séparé sous le même toit, de mourir d'un accident de voiture ou d'un arrêt cardiaque, c'est comme ça. Il existe un ordre établi, une graduation dans ce qu'il est possible de faire et ce qui ne se fait pas. Déjà à l'époque, Gilbert ne savait pas quoi en penser sauf, qu'il ne pouvait pas condamner l'acte du suicide ou l'imiter, le prendre comme une évidence ou un modèle à suivre. Heureusement, dans son éloge de la fuite et ses actes de résistance au vieux tyran, il avait eu la possibilité d'une autre vie. Il y avait cru à sa boutique-atelier, plus maintenant. Il devait trouver l'argent nécessaire pour se reconvertir et acheter la galerie qu'il venait de dénicher, où il présenterait son travail d'artiste-peintre.

C'était pour lui, une évolution, un pas en avant. Tous les jours, cette idée tournait en boucle dans sa tête, et même s'il vendait la friperie, cela ne suffirait pas. Le lieu était trop petit et assez éloigné du bord de mer, ça ne valait pas bien cher. Il ne pensait qu'à ça ce soir-là, en roulant avec son vélo, Georges, doucement sous la flotte à cause de ses douleurs qui l'empêchaient de pédaler vite et des très nombreux verres qu'il avait ingurgité avec Josef, son copain peintre. Il avait rencontré l'Allemand l'hiver d'avant, sur la grande plage. Josef travaillait sur le chantier de réfection du Palace de la Ville, comme deux cents personnes qui s'activaient dimanche et jours fériés pour faire avancer le grand chantier. Les riverains ne voyaient pas grand-chose de l'avancée des travaux, car le grand hôtel avait passé l'hiver, tout emballé de bâches blanches. Gilbert savait un peu mieux que les autres ce qui s'y passait. Josef lui racontait la création de la nouvelle terrasse avec vue directe sur la grande plage, la réfection des chambres, des suites, la nouvelle ouverture créée dans le grand hall, pour un meilleur accès à la piscine. Josef n'était pas avare de détails sur l'avancée du chantier et les travaux pharaoniques estimés à plus de soixante-cinq millions d'euros.

Le grand-père de Gilbert espérait, comme tous les Biarrots de la bonne société, qu'il n'y aurait trop de répercussion sur les impôts, puisque le bâtiment appartenait à la ville.

En parlant avec son grand-père du fameux chantier, Gilbert avait appris que les travaux seraient interrompus pour le G7, afin de loger dignement les chefs d'Etat des sept pays et leurs invités. Maître Dupré prévoyait déjà un surcoût de plusieurs millions d'euros sur les deux tranches de travaux. L'initiative de la découpe du chantier revenait, soi-disant, au Chef de l'Etat. Bertrand-Henri Dupré avant tout de suite dit que cela arrangerait quand bien le Maire de la ville, qui comptait bien se faire réélire à la toute fin des travaux. Cependant, le grand avocat attendait quand même l'invitation officielle pour le cocktail d'ouverture du sommet, où quelques privilégiés de la haute société pourraient entrevoir les nombreux chefs d'Etats. Il en avait parlé à Gilbert, qui avait donné l'info à Josef. L'allemand, qui était aussi un peu journaliste dans un quotidien gratuit de son pays, avait insisté pour que Gilbert demande à son grand-père de l'accompagner, faute d'avoir une femme à son bras. Josef semblait y tenir particulièrement, pour disait-il au début de leur rencontre, avoir des infos et des photos exclusives. Il avait dit aussi, que c'était une super aubaine pour rencontrer des gens friqués.

Gilbert avait fini par se faire à l'idée, même si les représentations guindées n'étaient pas sa tasse de thé.

Au commissariat de police, Gilbert Dupré, fils d'Irène, assis près de son père, Ferdinand Dupont, déclara qu'il roulait au-dessus de la plage des Basques, pour regagner son atelier d'artiste. Il dit s'être arrêté en entendant un gémissement, dans un caniveau, près des poubelles. Il avait trouvé un homme au sol, l'air mal en point, des croûtes de sang autour du nez et saignant de la tête. Il raconta au capitaine Lucien Andriani, sa version des faits :

Il avait fait vite s'arrêter Georges, son vélo, qui avait couiné mécontent avec ses mauvais freins rouillés. Tout de suite, il avait vu l'homme, éclaté face contre le trottoir mouillé. Il le décrivit comme étant grand et habillé chic, avec, sous son ciré jaune de marin, un costume sombre croisé et une lavallière en soie dans son col de chemise. Il dit qu'au début, de loin, il avait pensé à un jeune qui avait trop bu ou s'était fait taper. Mais ce n'était pas un jeune surfeur. L'homme avait de longs cheveux noirs qui collaient à sa figure encore belle, à peine ridée. Son teint halé portait des taches rosacées et noires de sang collé et séché. Gilbert déclara qu'il l'avait retourné et vu qu'il respirait toujours. C'est là, qu'il avait reconnu son grand-oncle, Jean-Martin Dupré, même s'il ne l'avait pas vu depuis très longtemps. Il lui avait donné quelques gifles pour le faire revenir à lui, en l'appelant pour voir s'il entendait. Après ce traitement brutal, Jean avait ouvert les yeux et avait très vite rassemblé ses esprits, se rappelant presque immédiatement les faits, sans pouvoir dire qui était son agresseur.

— Mon grand-oncle m'a demandé si je pouvais l'aider à aller en ville, en disant qu'on attendait à son hôtel pour dîner. Je lui ai dit que, même grand journaliste, qui se fait une petite virée en province, on ne l'attendait sûrement plus à cette heure-là, il était presque vingt-deux heures ! Jean a semblé surpris d'être resté dans le caniveau aussi longtemps et s'est recoiffé un peu en jurant, à cause du sang sur ses doigts. Il a dit qu'il s'était fait assommer en remontant d'un cabanon de plage, derrière les spots de surf, où on lui avait donné rendez-vous. Je lui ai proposé de vous téléphoner avec son appareil, car le mien est décédé dans les toilettes et je lui ai dit que je n'avais pas de voiture pour l'emmener au Centre Hospitalier de la Côte Basque à Bayonne. Quand je lui ai demandé si on lui avait volé quelque chose, pour continuer à le faire parler, il m'a répondu, après avoir tâté ses poches, que seul son livre qu'il venait dédicacer à l'hôtel du Palais n'était plus là.

Lucien s'était assis sur le bord de son bureau et souriait à Ferdinand, installé près de son fils pendant l'interrogatoire.

— Ton oncle t'a dit autre chose ? demanda le policier sans trop d'illusion.

— Effectivement, il a dit qu'il n'était pas revenu ici depuis longtemps et que cela ne lui avait pas réussi. Il a dit qu'il avait un rendez-vous qui l'avait intrigué. Et puis il m'a demandé si je m'étais fait agresser aussi, à cause de mes bleus sur la figure. J'ai dit que j'étais tombé, avec Georges, mon vélo. Quand les pompiers sont venus le chercher, je lui ai dit qu'il vienne me voir à la boutique pour boire un café et lui ai donné l'adresse de l'atelier, pas très loin de l'Hôtel de Ville. Après, vous m'avez demandé de venir au commissariat, car je n'avais pas mes papiers, c'est tout.

Lucien approuva d'un balancement de tête en grimaçant et retourna derrière son bureau.

— Ce n'est pas forcément tout, à cause de ton couteau à cran d'arrêt, tu ne savais pas que c'était une arme de sixième catégorie ? Le port est, en principe, illégal sauf cas particuliers, même si le couteau est fermé dans ta poche. Tu es chasseur, tu as un permis de chasse ?

Gilbert s'agita un peu sur sa chaise sans répondre. Lucien reprit, pour enfoncer le clou.

— Sinon, c'est une contravention de quatrième classe, dit-il sur un ton moralisateur.

Gilbert observa la mine déconfite de son père. Ferdinand décida d'intervenir pour défendre son fils.

— Il est à moi, je l'avais oublié sur la table quand j'ai déposé mes affaires chez Gilbert. C'est un couteau de marin pour couper des cordages. La lame est très large, comme tu peux le voir. elle est un peu ronde et aussi très solide. Tu en as sûrement déjà vu quand tu étais sur les bateaux, c'est de ma faute si tu l'as trouvé sur mon fils, dit Ferdinand confus.

Cette explication parut satisfaire à moitié Lucien. Il soupesa l'objet gravé aux initiales de Ferdinand. Il examina consciencieusement la lame arrondie, de type pied de mouton, pas du tout pointue, pour éviter les bagarres meurtrières entre les matelots. Il en avait un vague souvenir. Il le rendit à Ferdinand, qui s'empressa de le ranger dans sa poche et s'adressa à nouveau à Gilbert sur un ton sentencieux.

— Tu n'avais quand même pas à te promener avec, tu n'es pas marin que je sache !

Ferdinand Dupont confirma l'histoire du vélo donné par son propre père, le grand-père Georges. Gilbert continua de regarder par la fenêtre, pressé de retourner dehors. Il reconnut avoir franchi un feu rouge avec son vélo et ses lunettes de soleil, sous la pluie et de nuit, comme la nouvelle caméra dans le feu du carrefour, le montrerait plus tard à l'analyse des bandes. Sur le procès-verbal, le capitaine

Andriani ajouta la conduite en état d'ébriété, incontestable, vu son taux d'alcoolémie de plus de deux grammes. Il décida d'oublier le couteau. Le fonctionnaire lui fit signer sa déposition et lui dit de rester à disposition de la justice qui le convoquerait ultérieurement. Il serra la main de Ferdinand, qu'il avait été content de revoir après tant d'années. Lucien l'invita à revenir le voir pendant ses longues vacances. Le vieux marin remercia son ancien copain, la mine soucieuse pour la suite des évènements que son fils semblait prendre à la légère.

Gilbert se sépara rapidement de son père, sans même le remercier d'être intervenu pour le couteau et ne rentra pas dans son magasin-atelier cette nuit-là. Il faisait doux et la pluie avait cessé. Il avait envie de boire un coup. Ce n'était pas pour parler ou retrouver des copains, juste parce qu'il avait besoin de quelques verres. Il poussa la porte d'un bar en ville où il avait ses habitudes et descendit quelques bières, dos au mur, debout près du vestiaire. Il faisait ça plusieurs fois par semaine, sans parler à personne. Il regardait juste les filles qui dansaient, sans vraiment les voir. Vu de l'extérieur, cela pouvait faire un peu pervers, mais il était connu et personne ne trouvait rien à redire. Il ne faisait rien de mal après tout. Puis, il décida de rentrer enfin à l'atelier en titubant, vers deux heures du matin. En route, il rencontra Josef qui tout de suite évoqua l'organisation de la contre-manifestation du G7 en disant qu'ils avaient besoin de bras. Tout naturellement, il proposa à Gilbert de rejoindre le mouvement sans trop avoir besoin d'argumenter. Gilbert avait une revanche à prendre sur la vie et Josef l'avait bien compris. Les capitalistes comme son grand-père lui sortaient par les yeux et tout ce qu'il pourrait faire contre eux le réjouissait. Ils prirent rendez-vous pour une réunion en fin de semaine. Gilbert avait trop sommeil pour réfléchir à la nouvelle cause qu'il embrassait. Il déambula dans le quartier des pêcheurs sur le bord de mer. On rangeait chez Albert et l'air embaumait le poisson frit. Gilbert vit une grande annexe de bateau, que son propriétaire n'avait pas rentré ni retournée. Il sauta dedans et s'enroula dans la bâche de protection pour s'endormir d'un coup, la tête sur un gilet de sauvetage. Réveillé par un bruit de pleurs vers quatre heures du matin, il souleva un peu la toile de protection et tomba nez à nez avec deux gros goélands au bec jaune, qui piétinaient en attendant les bateaux de pêche. Leurs cris stridents faisaient autant de bruit qu'une scie circulaire. Ils étaient en train de déchiqueter un pigeon, qu'ils se bagarraient de façon brutale et cannibale genre, à moi un bout de foie, à toi un lambeau de poumon. Gilbert, dégoutté, les chassa, mais les gros oiseaux avaient faim et revenaient sans cesse. Il leur balança des cailloux et décida de pousser jusqu'à la côte des Basques. Il arriva tout essoufflé et poussa la porte du cabanon bleu d'un coup d'épaules. Il se dit que là-dedans, il serait enfin tranquille pour continuer sa nuit puisqu'il avait appartenu à sa défunte mère. Il bloqua la porte branlante avec un tabouret blanc en bois de palette et jeta au sol, deux grandes serviettes de plage pour se faire un lit. Il posa sous sa tête une vieille brassière orange et bien installé, regarda le décor personnalité à la gloire de Jean-Martin Dupré. Il pensa qu'il devrait faire disparaître tout ça, enlever toutes ces photos et les détruire. Personne ne devait plus les voir, cela devait rester une sombre histoire de famille. Quelque chose à enfouir profondément, dont on ne parlerait jamais, même entre la poire et le fromage, sauf si lui, en avait décidé autrement. Il pensa que lui seul, devait gérer l'affaire. Il n'était pas question que la cabane bleue devienne un lieu de pèlerinage, pour fans de l'écrivain-journaliste, en goguette sur la plage. Il allait rendre la cabane à la boutique de location et de cours de surf. Il devrait la

51

vider et la repeindre dans un blanc immaculé, comme elle était avant ce délire photographique. En plus, les amateurs de grandes vagues allaient bientôt affluer pour la marée d'équinoxe du début d'automne. Le jour allait bientôt égaler la nuit et les flots allaient sortir de leur lit. Il y avait deux marées d'équinoxe dans l'année. C'était toujours un spectacle apprécié, pouvant durer trois jours où le marnage, la différence entre la marée haute et marée basse peuvent aller jusqu'à plus de quatorze mètres. Parfois, les curieux prenaient peur et se repliaient vers les cabanes bariolées, en tenant fermement leur appareil photo. Gilbert pensa qu'il enlèverait la déco de la cabane, après son roupillon. Il commença à sombrer dans un demi-sommeil et repensa au festin des goélands qui se disputaient les viscères du pigeon. Il réalisa que son rêve était influencé par un bruit de pas derrière la porte. Il se redressa d'un bond en attrapant la lampe-tempête et sortit comme un diable de sa boîte pour faire un sort aux oiseaux qui croyait-il, le poursuivaient. Tout de suite, il sentit l'odeur du gazole et il vit le liquide gras et vert sur les murs de la cabane. En faisant un rapide tour de la surface carrée, il aperçut le jerrican bleu. Surpris, il se baissa pour l'examiner et reçut un grand coup de pale de pagaie cassée sur la tête. Il tituba sous le choc et vit une silhouette noire qui allumait le brasier. Il se remit debout pour l'arrêter et reçut un deuxième coup derrière la nuque. Il sentit la planche de surf rigide qu'on glissait sous son dos, ses mains qu'on attachait aux dérives, à la base des ailerons de la planche. Après, une ombre noire et floue le traîna, de la route aux escaliers, des marches au sable mouillé de la plage, sur le bord de mer, loin de la cabane en feu.

CHAPITRE 5

Gaspard et Ferdinand.

Gaspard Serra émergea vers 10 heures de son van stationné au bout de la ville, dans un coin résidentiel où personne ne le ferait dégager. Il courut dans les rues sous une pluie battante, pour rejoindre l'atelier de Gilbert où il travaillait. Il avait encore exagéré avec la bouteille, la veille au soir et bougonnait tout seul à cause d'une migraine implacable. Il avait encore largement additionné la dose d'alcool acceptable qui donnait un résultat négatif pour tenir debout. Quand il arriva devant la boutique-atelier de Gilbert, il vit tout de suite un vieux bonhomme qui attendait devant la porte close. L'homme était grand et maigre, avec de longs cheveux gris ondulés et une barbe bien taillée. Il était bizarrement fagoté avec des bottes de pêcheur, une doudoune orange passée, sur une grosse veste en jean, doublée de fourrure. Comme un bol retourné, il portait au sommet du crâne un vieux bonnet en laine plucheuse foncée. Gaspard l'examina vite fait en le saluant d'un signe de tête tandis qu'il déverrouillait la porte, ne sachant quoi lui dire et si l'homme s'abritait ou attendait l'ouverture. Ce n'était pas un client habituel de la friperie, fréquentée plutôt par des jeunes un peu bobo, des étudiants invariablement fauchés. Le vieux gribouillait sans bouger sur des pense-bêtes jaunes défraîchis, pendant que Gaspard ouvrait les lumières du local sombre, encombré de fripes et de tableaux de Gilbert. L'homme ne tenta pas d'entrer tout de suite. Gaspard continua son rituel du matin qu'il aimait bien. Nourrir le chat Zébulon qui se frottait à ses jambes, brancher la cafetière, car ils avaient une licence pour servir le café et le thé et puis surtout, mettre sur la platine son disque préféré, « *L'homme à tête de chou* ». Cela faisait généralement descendre Gilbert qui dormait sur la mezzanine encombrée de l'étage, au milieu de ses tableaux, de ses couleurs à l'huile et des sacs de fringues. Gaspard, ne voyant pas son ami débarquer, monta l'escalier en colimaçon et vit que le futon n'avait pas été défait. Il trouva étrange que Gilbert soit déjà sorti, lui qui émergeait péniblement vers onze heures chaque matin. Son ami disait souvent qu'il dormait très mal et redoutait toujours l'instant de se coucher, tant sa jambe broyée par l'accident de moto et son pied le faisaient souffrir, même en se bourrant de médicaments. Gaspard redescendit et trouva le vieil homme attablé au bar, attendant patiemment d'être servi.

Le vieux examinait avec intérêt les peintures sombres et mystérieuses de Gilbert.

— Ces tableaux sont noirs comme le café, j'en veux bien un pour me réchauffer.

Gaspard actionna la machine pour le servir et déposa les bols sur le comptoir en zinc.

— Vous cherchiez quelqu'un ? Le patron n'est pas là, je ne sais pas où il est, et même quand il reviendra, dit Gaspard sur un ton dégagé.

— Je sais, après notre virée au commissariat hier soir, il m'a dit qu'il préférait aller boire un verre pour se remettre et dormirait sûrement chez un copain, déclara le vieux.

— Mais qu'est-ce que vous êtes allés faire chez les flics ?

— Gilbert a sauvé un homme sur la plage hier soir, vous savez, la vedette de Paris qui venait pour le G7. L'homme s'est fait tabasser sur le bord de mer et c'est Gilbert qui l'a trouvé. Ils l'ont embarqué pour sa conduite en état d'ivresse sur la voie publique, avec son vélo. J'ai été prévenu par un ancien copain marin, recyclé dans la police. Gilbert devait venir me chercher sur le port pour prendre un café ici.

Gaspard eut l'air plus intéressé et s'approcha un peu du bonhomme.

—Vous connaissez Gilbert depuis longtemps ? demanda le jeune en caressant son chat.

Le vieux reposa doucement son bol à café, sûr de son effet, prenant le temps de lisser sa barbe jaunie.

— C'est mon fils, il s'est rappelé que j'existais quand ils l'ont emmené au commissariat pour vérifier son identité, après la prise en charge du blessé. Je m'appelle Ferdinand Dupont , tu peux m'appeler Ferdi. On n'a pas le même nom, Gilbert et moi, c'est à cause de son grand-père, je n'étais pas assez bien pour sa fille.

— Ah, ça arrive encore des trucs comme ça ? demanda Gaspard étonné, Gilbert n'avait rien à se reprocher de grave, non ?

— Je ne sais pas, mais il faisait peur à voir, avec son coquard et sa figure abîmée. Il leur a dit qu'il était tombé avec son vélo, mais ils ne l'ont pas cru surtout, qu'il puait l'alcool et n'arrêtait pas de parler de Georges, son vélo. Il a brûlé un feu rouge, en état d'ébriété, avec ses lunettes de soleil et sa bicyclette. Mon copain flic m'a dit aussi que Gilbert avait été mêlé à une bagarre, dans un bar sur le port, la semaine dernière, avec un dénommé Josef, un Allemand qui travaille à la réfection du grand hôtel de la plage.

— C'est vrai, répondit Gaspard en lavant les tasses, mais c'était pas de sa faute. J'étais là aussi, on était tranquille et on s'est fait prendre à partie par des types. Gilbert s'est fait taper en se foutant d'eux. On a directement payé la casse à Nico, le patron qu'on connaît bien, il n'y a pas eu de plainte, même par les types. Les gars ont sonné le rappel en laissant un billet de cinquante sur la table. Ils sont partis en disant qu'on aurait intérêt à ne plus les croiser.

Le vieil homme enleva enfin sa doudoune jaune et son écharpe en tricot noir.

— Je sais, Gilbert m'a raconté. Je veux bien un autre café, il est très bon.

Gaspard n'avait jamais entendu parler du vieux et osa une question en actionnant à nouveau la machine à café.

— Et vous faisiez quoi avant d'être à la retraite et de revenir ici ?

— J'étais marin sur les ferries, toujours en mer, tu vois ce que c'est ?

Le jeune homme mit son disque préféré en sourdine et avança le jus noir.

— Ah oui, c'est pourquoi je n'ai jamais entendu parler de vous. Moi aussi, j'ai un bateau. Contrairement à Gilbert, je n'ai pas de parents, j'ai été placé tout petit. Mon père adoptif est mort et je ne vois plus beaucoup ma nounou par manque de temps. Ma vraie famille, c'est ici et je vis dans son van ou sur mon bateau, que je retape quand j'ai un peu de fric.

—Je vois. Moi, j'étais séparé de la mère de Gilbert depuis sa naissance, dit Ferdinand sur le ton de la confidence. On s'écrivait avec le gamin, c'est sa grand-mère qui l'a élevé, j'envoyais de l'argent à sa mère, mais elle est morte aussi .

Le vieil homme regarda longtemps la peinture grise et noire d'une femme sans visage, coiffée d'un petit chapeau à plumes style années vingt, assise à l'exacte extrémité d'un canapé, très loin d'un homme barbu et sans regard assis à l'autre bout.

— C'est Gilbert qui m'a appris son accident de moto. Sa grand-mère ne me disait rien et se contentait de l'élever. Et toi, tu n'as jamais cherché à savoir où était ta vraie famille ? demanda Ferdinand en continuant à chercher des indices pour comprendre le tableau.

Il sortit une pipe sculptée de sa poche et demanda d'un regard au jeune s'il pouvait l'allumer. Gaspard n'osa pas lui refuser et se précipita sur la porte en retournant le panneau « fermé ». Il pensa que Gilbert avait déjà assez d'ennuis sans en plus enfreindre la loi sur le tabac dans les lieux publics.

— Non, je n'ai pas trop cherché à savoir, je m'en fous un peu, j'étais heureux dans ma famille adoptive. De temps en temps, ma nounou me parlait de mes parents en me disant que c'était des gens importants et qu'ils viendraient me chercher un jour, je n'y ai jamais cru.

Gaspard s'arrêta un instant, le regard fuyant, pour éviter que le vieux devine son mensonge.

— Un jour, elle qui m'a dit que ma mère était morte et qu'elle m'avait laissé un petit pécule pour ma majorité. C'était bien, comme tombé du ciel pour m'acheter le bateau.

Ferdinand nota sur un papillon jaune « voir la famille adoptive. »

—Quand ta mère est morte, on ne t'a pas donné de papiers, de photos ou lettres ?

— Non, et puis, je ne voulais rien savoir, je ne connais même pas son nom, ma nounou traitait avec un avocat depuis mon placement. Pour moi, une mère qui abandonne son enfant, c'est de la pire espèce, lâcha Gaspard la mine dégoûtée. On avait fait un deal avec Gilbert, je m'occupais à plein temps de la boutique, sans supplément de salaire et lui, il demandait à son grand-père, l'avocat, de s'occuper des papiers, à la mort de ma mère. Je suis allé voir l'avocat une seule fois, dans sa grande baraque. Il n'était pas très aimable, surtout pressé, ça n'a pas duré longtemps. Il ne se rappelle sûrement pas de moi. Il m'a fait signer un pouvoir et quelques papiers pour le notaire, en prenant mon numéro de compte bancaire. Après, j'ai touché mon fric, ma mère voulait sûrement se déculpabiliser de l'abandon. J'ai acheté mon rafiot d'occasion la semaine dernière. Enfin, ce qui ressemblera à un bateau pour naviguer, un jour, quand j'aurai terminé de le remettre en état. Il est amarré au port d'Hendaye. En attendant d'avoir le temps de le refaire, je vis chez mon amie ou dans le van de Gilbert.

Il y eut un silence après ses confidences entre hommes. Le vieux marin tirait sur sa pipe en emplissant l'air de bouffées de tabac odorantes. Gaspard lavait les bols et astiquait un comptoir qui n'en avait pas vraiment besoin, en fixant le dos des mains du vieux, où étaient tatoués de grands gouvernails bleus. Le jeune s'en alla ouvrir grand la porte, comme pour signifier au père de son ami que la boutique ne pouvait pas être fermée toute la journée.

—Et le journaliste de la plage ? Vous savez s'il n'a pas trop de mal et qui a bien pu faire ça ? On ne va quand même pas mettre ça sur le dos de Gilbert ? demanda Gaspard inquiet.

—Jean-Martin Dupré a porté plainte pour agression et a remercié Gilbert, je n'en sais pas plus. Je débarque d'un long voyage, mais pour une dernière escale. Je vais mener ma petite enquête, j'ai le temps et tant mieux si cela peut aider Gilbert. S'il a fait des conneries, j'essaierai de l'aider, je n'ai rien d'autre à faire. Mais il n'y a sûrement rien de grave. Il faut juste se parler, c'est tout. Ce ne sera peut-être pas facile, il n'a pas l'habitude et moi non plus.

Le vieux marin rangea sa pipe avant de remettre sa doudoune orange sur sa veste fourrée. Il se retourna sur le seuil de la porte. Gaspard était reparti derrière son comptoir et rangeait les verres.

— Moi aussi, j'ai loué un van de 1978, c'est très tendance dans le coin. Si tu veux venir boire un café ou une bière, je stationne en haut de la plage des Basques, tu ne peux pas te tromper, il est de couleur vert anis, avec de grosses fleurs roses des seventies. Je te raconterai mes souvenirs de voyages en mer, puisque tu aimes les bateaux.

— J'adorerais avoir vos conseils. Partir en mer un jour, j'en rêve ! Mais je ne sais pas trop par quel bout mener le projet. Et puis j'ai tellement encore à faire sur mon rafiot, j'accepterais volontiers le coup de main d'un expert ! dit le jeune en souriant.

Ferdinand leva son pouce pour montrer que le bon plan lui convenait.

— Alors, salut moussaillon, à bientôt sur ton bateau !

CHAPITRE 6

Jean-Martin Dupré, après sa sortie de l'hôpital.

Dans la voiture qui le ramenait dans son appartement du Bellevue, donnant sur la mer à Biarritz, Jean-Martin Dupré subissait l'excitation de son amie éditrice. Elle était venue le chercher à sa sortie de l'hôpital de Bayonne, qu'il était bien content de quitter. Il avait un gros pansement sur le nez et sur l'arrière du crâne. Un peu groggy par les anti-douleurs, Jean écoutait Cathy qui parlait toute seule.

—Tu te rends compte de la pub que ça va nous faire, mon Jeannot ! Gratuite, en plus et qui va se faire toute seule, même pas besoin de dédicace en province ! Un rêve d'écrivain et d'éditeur contre seulement un nez cassé et une belle grosse bosse sur le crâne !

Jean ronchonna à l'arrière de l'étroit coupé Mercedes noir.

— Je m'en fous de la pub ! Ce n'est pas toi qui souffres, j'ai mal !

— Mais c'est rien, ça va passer, surtout quand tu verras ton chèque gonfler après chaque passage radio ou télé !

— Ni compte pas trop, je n'ai pas envie de me donner en spectacle dans mon état, je fais peur à voir !

Cathy frappa son volant d'excitation avant d'expliquer son bon plan.

— C'est de la coquetterie ! Après, on va dire que je donne dans le cliché des hommes douillets ! Les bonnes maquilleuses existent et puis il faut bien te faire plaindre un peu, si tu veux qu'on s'intéresse à ton premier livre !

Cathy trouvait indécentes les plaintes de son auteur. Pour elle, on devait toujours assurer, sauver la face, être au taquet, faire le job avec entrain et toujours tirer parti d'un bon coup de pub pour faire grimper les ventes.

— De toute façon, dit-elle d'un ton moqueur, si tu ne veux pas te montrer, les radios sont là pour t'écouter, je vois ça de là : tu raconteras avec des trémolos dans la voix ton agression sur la plage, ton intention de rendre service en voulant rentrer le parasol, la cabane à ta gloire. La presse a déjà dû faire des tas de photos, ils vont sûrement, vite trouver à qui elle appartenait. Et puis, tu raconteras avoir trouvé ton livre sur la table en palette et crac, le coup de bambou sur la tête et le gros plouf dans le caniveau !

Jean la reprit en bougonnant, la mine renfrognée.

— Pour la précision, c'était plutôt un coup de pagaie, pas de bambou, ça fait plus mal ! Enfin, je crois, car je n'ai jamais reçu de coup de bambou, je pense ça parce que c'est creux.

— De toute façon, reprit Cathy qui aimait bien avoir le dernier mot, je t'ai déjà pris rendez-vous avec un journaliste local. Tu es invité à l'hôtel du Palais à un débat sur la liberté de la presse et des artistes en général, genre, peut-on tout dire, tout écrire, faire fi des menaces, des agressions morales ou physiques, un vrai bon débat qui te concerne, conclu Cathy en se garant devant le Casino Bellevue. Tu vas prendre tes médocs et dormir comme un bébé. Je viendrai te chercher vers dix heures pour enregistrer l'émission de radio.

L'éditrice salua Jean, qui s'éloignait à la hâte, pour éviter de croiser les voisins. Malheureusement, il lui fallait bien prendre l'ascenseur. La cabine s'ouvrit sur une célébrité de New York, en vacances avant le G7, toute pimpante et tirée au cordeau, des seins jusqu'aux yeux. Il supporta sa célèbre consoeur pendant qu'elle le plaignait de sa voix rauque et prit vite congé avant d'être lassé. Jean récupéra son courrier et s'enferma vite dans l'appartement de location. Il prit un petit verre de whisky, malgré les contre-indications avec les médicaments. Il pensa qu'il l'avait bien mérité en se regardant dans le grand miroir doré de l'entrée. En enlevant ses lunettes de soleil, il vit ses yeux cerclés de bleu, de noir, de rouge, puis son nez tuméfié, sa lèvre enflée, une vraie tête à faire peur. Même ses longs cheveux soignés et passés à la teinture noire, ne ressemblaient plus à rien, arrachés sur un côté, par les gros pansements recouvrant les points de suture. Jean enfila son verre d'un coup, en se vautrant sur un gros fauteuil club. Il commença à tourner en boucle. Qui pouvait bien lui en vouloir et qui l'avait frappé ? Pourquoi avoir repris son livre ? La photo de l'enfant, avait-elle un message à délivrer ?

Il regarda le courrier sur la table basse en bois doré. Une grande enveloppe marron attira son attention. Il prit un ciseau et tout de suite, d'un manuscrit bien présenté, mais sans indication de l'auteur, une lettre glissa au sol :

« *Je vous demande un avis sur mon manuscrit que vous devrez présenter, avec de chaudes recommandations à votre éditeur. Vous me verserez par chèque sans ordre un à-valoir de dix mille euros. Vous me l'enverrez à la société de domiciliation indiquée plus bas. Je veux une publication sous le pseudonyme d'Edmond Pensant. En échange, je vous dirai où est l'enfant de la photo, car il est votre fils. Comptant sur votre efficacité, à bientôt. EP.*»

Ce type n'était pas complètement fou, car avec une société de domiciliation à Paris, il devenait difficile à tracer, surtout s'il avait souscrit une réexpédition postale. C'était donc juste une adresse administrative, différente de son adresse fiscale, un peu comme un expatrié. Jean éclata de rire et décrocha son téléphone pour appeler Cathy, à qui il voulait raconter sa trouvaille. Il laissa un message sur le répondeur de son éditrice et se prit au jeu en feuilletant le manuscrit, agréable à lire avec des efforts de présentation. Très vite, le personnage central du livre lui rappela quelqu'un qu'il connaissait bien, lui. Il se dit que ce n'était peut-être pas une coïncidence. C'était l'histoire d'un journaliste avantageux, élevé dans le coin et vivant le plus souvent à l'étranger, faisant souvent la une des magazines *people*. L'homme avait la soixantaine, adepte de la chirurgie esthétique et de l'auto bronzant, accroc à la vie mondaine, sans vraies attaches familiales, fréquentant les milieux branchés, les galeries de Soho et courant les vernissages parisiens. L'auteur du manuscrit décrivait un journaliste double-jeu, soutenant quand il était à New York, des extrémistes politiques et participant à des réunions secrètes pour déstabiliser le gouvernement Trump. Jean pensa en ricanant que ce n'était pas faux, car il n'aimait pas beaucoup le milliardaire, cauchemar de beaucoup de cadres de son propre parti républicain mais aussi bête noire des médias et des démocrates. Jean prit des notes au fur et à mesure de sa lecture en se disant que l'envoi du manuscrit ne pouvait pas être un hasard, car l'action se passait au

Pays Basque. Le journaliste pilier de bar, se faisait agresser sur la plage par un inconnu et pleurait son physique avantageux après un petit séjour dans un l'hôpital de province. En rouge, il était précisé que c'était un premier avertissement. Jean haussa les épaules et se resservit encore à boire en avalant au passage deux comprimés contre la douleur. Il sauta quelques passages sans intérêt puis se jeta sur la fin du manuscrit pour y chercher des clefs.

La pire insinuation restait à venir et le fit frémir. L'auteur anonyme révélait que le journaliste avait abusé la fille de son frère et avait un fils, conçu à la va-vite, un soir de beuverie. Il avait abandonné la jeune femme qui était morte tragiquement.

Sur le balcon donnant sur la mer, Jean chercha dans l'écume des vagues, à laver sa mémoire embrouillée, ses souvenirs oubliés. Il avait beau réfléchir, il ne se souvenait pas avoir couché avec Irène, la fille de son frère. Il repensa à cette jolie fille brune, douce et fragile. Ils étaient complices et s'entendaient bien. Ils avaient tous deux, un point de cristallisation commun : ils détestaient Bertrand-Henri Dupré. Il se dit qu'il était peut-être complètement bourré pour ne pas se rappeler avoir couché avec Irène. Il pensa que c'était peut-être un soir où elle était déprimée et que du coup, il l'avait peut-être un peu trop consolée. Cette idée lui fit aussi peur que l'amnésie complète qui pouvait en découler. Il jeta avec rage le manuscrit contre le mur et se dit qu'il trouverait le salaud qui avait écrit ça. Il chercherait dès demain, en commençant par le cercle familial restreint. L'informateur anonyme était bien renseigné, trop bien documenté. Il pensa tout de suite à Gilbert, le premier fils d'Irène, même si étrangement, c'est lui qui l'avait ramassé dans le caniveau. Il se demanda s'il était capable d'écrire un manuscrit. Ou alors, c'était Martine, la servante de son avocat de frère, qu'il avait toujours trouvée bizarre. Comme elle était sourde et muette, elle compensait peut-être son handicap en écrivant. Cette littérature de donneur de leçons bien-pensant l'avait achevé, lui collant un terrible mal de tête. Il retourna dans son fauteuil en cuir patiné et finit par s'endormir dedans.

CHAPITRE 7

Maître Bertrand-Henri Dupré.

L'avocat était assis comme chaque matin à six heures, dans son bureau en citronnier pour écrire ses mémoires professionnelles. C'était une commande de son éditeur. Il noircissait chaque jour sans conviction, quelques feuilles blanches de sa petite écriture inclinée. Les pages noircies de sa plume dorée étaient rangées soigneusement dans une boite à courrier, au fur et à mesure de l'avancée du projet. Le tas de feuilles augmentait peu, même s'il écrivait chaque jour depuis quatre mois. Il n'en était pas encore à se demander comment mettre en forme son manuscrit. Le temps de le faire retranscrire au propre était bien lointain. Il veillait quand même à le paginer, au cas où il n'aurait pas le temps de venir à bout de la commande. Son grand âge pressait sa plume et ses souvenirs se bousculaient pour être couchés sur le papier, sans vrai plan, juste ordonnés par ses humeurs et contrariétés. Heureusement qu'en plus, les saisons n'avaient pas leurs mots à dire. Qu'il vente, qu'il pleuve ou que quelques rares flocons de neige se perdent sur la mer, il écrivait autant que les mots venaient, jusque généralement neuf heures. Pour l'instant, c'était plutôt l'angoisse de la page blanche et ça lui donnait de furieuses envies de fumer. Cette mauvaise habitude lui étant bien sûr déconseillée par son cardiologue. Il aurait donné cher pour partir en voyage, comme un retraité de son âge, au bout du monde, accompagné de Martine. Au lieu de ça, il avait encore une vie de forçat, au bureau, dans les amphis de la faculté et au tribunal. Il pensa à ses maigres satisfactions quotidiennes. La grande Villa au milieu de l'immense parc en faisait partie, avec sa belle vue sur l'océan, en plus d'avoir Martine près de lui pour s'occuper de tout. Elle frappa doucement pour lui apporter ses médicaments. Il la remercia d'un maigre sourire. Il se disait qu'il avait accepté un peu vite la commande de l'éditeur. Il lui fallait maintenant retrouver dans sa mémoire, des anecdotes sur les grands procès qui avaient passionné les foules. La sortie du livre était prévue l'année prochaine. Mais même avec les jus vitaminés que lui concoctaient Martine, son excellente mémoire ressemblait à un jeu d'awalé africain dont il aurait perdu les graines. Bertrand aurait bientôt quatre-vingts ans. Il se demandait s'il tiendrait encore jusqu'à la parution du livre, car il avait déjà subi un pontage coronarien et il était souvent plus fatigué qu'avant. L'ami chirurgien, qui le suivait depuis son opération lui recommandait une bonne hygiène de vie, mais aussi du calme. La deuxième prescription était plus facile à recommander qu'à réaliser, surtout avec Gilbert et maintenant, son père qui était revenu pour sa dernière escale et allait bientôt envahir la Villa, en plus de son frère, arrivé pour couvrir le G7. Comment être tranquille, serein, avec un petit-fils agité, incontrôlable, exigeant et violent qui, chaque semaine débarquait pour exiger toujours plus d'argent. Jusqu'où irait-il ? Bertrand ne savait plus comment le gérer, faire cesser ses visites nocturnes qui perturbaient ses nuits. Il voulait que tout cela s'arrête. Comment envisager sereinement que son marin de père pourrait redresser la barre, alors qu'il ne l'avait pas élevé et ne réalisait même pas le fauve que son fils était devenu ? Comment prévoir ce que trouverait le vieux marin s'il venait à fouiller le passé à partir de la mort d'Irène ou même avant ? Comment allait se passer les retrouvailles avec son frère, Jean-Martin, de vingt ans son cadet, avec qui il n'avait jamais eu que des relations distantes ? Irène l'idolâtrait, il avait toujours préféré ne pas comprendre pourquoi. Il ne voulait pas qu'on fouille dans sa vie, il ne faut pas chercher dans les rides des vieillards. Il n'avait pas le regret d'avoir fait quelque chose de vraiment mal, non, mais il tenait à préserver son intimité, c'est tout. Tout cela parce que ce couillon de Jean-Martin s'était fait un peu amocher, pauvre crétin en sucre, il n'avait qu'à rester à New York ou à Paris ! Toutes ces réflexions lui parasitaient l'esprit depuis plusieurs jours. Elles se bousculaient pour sortir sous son stylo plume doré et tenir la première place, bien avant les affaires judiciaires sordides de la région. Bertrand n'arrivait pas à faire abstraction des problèmes que son petit-fils lui causait. Il redoutait leurs conséquences aujourd'hui. Il n'arrivait plus à se concentrer sur son travail judiciaire. Il ne parvenait pas à se replonger dans ses dossiers passés. Ses errances menaçaient de le rattraper, il n'avait plus la tête à autre chose et ne faisait qu'y penser. Et puis il se disait qu'il était en harmonie avec le célèbre proverbe disant, que *le passé est un phare et non un port*. Au crépuscule de sa vie, il ne voulait pas s'attarder dans les ruelles d'antan. Il voulait juste préserver ses secrets. Tout ce qu'il avait mis tant d'années à dissimuler ne devait pas être révélé au grand jour. Alors, tant pis pour l'éditeur, tant pis pour les lecteurs en mal de sensationnel. Il se dit qu'il n'avait pas envie de raconter ses souvenirs judiciaires et se replonger dans les affaires non élucidées. Il avait juste envie d'écrire sur le cheminement de sa vie, de penser à lui, à ce qui lui restait à préserver. Il écrivit plusieurs fois sur une page blanche, le mot paix.

L'avocat se leva pour regarder la mer au-delà du parc et se dit qu'il voulait profiter de ses dernières années pour vivre tranquille. Il n'y avait pas de place pour les autres dans ce plan-là. Cependant, un doute subsistait en lui. S'il écrivait ses souvenirs personnels pour rien ? Fallait-il livrer la vraie version des faits, son secret, avant que la vérité soit livrée en pâture à toute la ville ? Si Gilbert et son père ne trouvaient rien. S'ils ne remontaient pas plus loin que la mort d'Irène ? Il se dit que de toute façon, les mémoires, même si elles sont d'un âne, sont avant tout le fruit de l'expérience et de la gestation d'un homme. Il fallait bien aussi commencer par donner un peu de soi, pour aboutir à parler de la vie des autres. Comment d'ailleurs parler des autres, quand on ne connaît d'eux qu'une mauvaise parenthèse, qu'une situation qui a dérapé pour devenir l'affaire dont tout le monde parle ? Ces autres, qu'il avait défendus toute sa vie méritaient-ils vraiment qu'on parle encore d'eux, qu'on leur fasse encore de la publicité ? Bien sûr, il y avait les victimes, mais le lecteur lambda, même s'il en est solidaire, s'attache souvent plus à la personnalité du tueur, bien sanguinaire. Ce sont ces livres-là qui se vendent, ceux qui racontent l'itinéraire d'un psychopathe. C'est ce genre de récit qui fait frissonner le lecteur. C'est sûr que ça aurait de l'allure une couverture où il trônerait avec sa robe noire et son épitoge en hermine, la main posée sur le code pénal. Il y aurait dessous un gros titre à sa gloire, du style : « Les affaires de ma vie, ou paroles de Maître. » Le genre qui vous flatte un homme qui en a besoin. Peut-être, mais en avait-il vraiment besoin ou envie, avant le dernier tournant. Avait-il besoin de cette reconnaissance-là ? N'en avait-il pas eu assez de « quarts d'heure de célébrité », de décorations, d'articles de presse ? Après quoi courir encore quand on a tout, mais aussi plus de famille ? Bertrand-Henri Dupré était vieux et seul. Il referma son stylo, rangea ses feuilles dans la boite en cuir et quitta son bureau pour la salle à manger.

CHAPITRE 8

Ferdinand, à la Villa l'Aurore.

Son déjeuner avalé à la va-vite, Ferdinand remit sa doudoune orange et prit le chemin au-dessus de la grande plage, là où se dressaient les belles villas des notables de la ville. Le temps était menaçant et l'air sentait la marée. Cela formait un mélange fétide avec l'odeur des gaz des pots d'échappement. Il y avait un brouillard ondulant du bord de mer vers la ville haute, ce qui ne l'empêcha pas de retrouver « *La Villa l'Aurore* ». C'était une grande bâtisse néo-renaissance, de briques et de pierres, surmontée d'un toit à long pan avec des petites lucarnes. Il sonna de la rue en se disant que la surprise ferait le reste. Il espérait que « le beau-père » veuille bien le recevoir, car il fallait prendre rendez-vous dans ces milieux-là, même les gougnafiers comme Ferdinand le savaient. Mais il pensait aussi que cela emmerdait le vieux, qu'on le dérange à l'improviste. Cette idée-là faisait sourire Ferdinand, comme une revanche. Le double portail bleu s'ouvrit en grinçant et il s'aventura sur le gravier entourant la propriété, en priant pour qu'il n'y ait pas de chien monstrueux en liberté. Il y en avait un. Sur un haut mur d'enceinte, un gros bouvier bernois brun et noir le regardait sans bouger ni aboyer. On aurait dit une grosse sculpture en fourrure. La bête énorme semblait dans un équilibre précaire, prêt à tomber dans la rue, si l'une de ses grosses pattes glissait. Ferdinand pensa au côté placide et doux du chien, juste sa silhouette massive était dissuasive. Cette race de chien n'avait pas la réputation d'être agressive et Ferdinand pensa qu'il ne bougerait pas de son perchoir. Sans le quitter des yeux, en lui lançant juste un : salut pépère ! Il se présenta à la porte. La servante muette, grande et maigre, aux yeux perçants et aux traits masculins, lui ouvrit après un court instant, comme s'il était attendu. D'un signe de tête, elle le fit patienter dans le hall d'entrée, sans rien montrer de sa surprise. Le dégagement était large comme une chambre d'hôtel, avec vue sur une pièce bureau en acajou avec bibliothèque en bois de citronnier jaune. Il y avait aussi un salon énorme, de l'autre côté de l'escalier en pierres de taille, sous une belle hauteur de plafond à caissons. Puis, Maître Bertrand- Henri Dupré arriva, canne au pommeau d'argent en main, foulard en soie, dans une robe de chambre écarlate, en velours ras, digne de celle de «*Voltaire* » Ferdinand sourit en pensant qu'il ne lui manquait que le bonnet de nuit. L'avocat sans âge avec sa peau hâlée, s'avança vers lui avec un sourire figé, sans lui tendre la main. Ferdinand se dit que le vieux le détestait toujours. Il en fut un peu déboussolé.

— Ah, mon ami ! Je savais bien que vous reviendriez un jour, dit le vieux sur un ton hautain, je me demandais juste si je serais encore de ce monde pour voir ça ! Venez-vous asseoir mon cher et racontez-moi ce qui vous amène, dit le vieux en agitant ses belles mains blanches.

Impressionné comme dans sa jeunesse, les rares fois où il avait le droit d'entrer, quand Gilbert n'était pas prêt, Ferdinand suivit le Maître jusqu'au grand salon. Les souvenirs figés dans les soieries et les portraits d'ancêtres faisaient rejaillir les siens. L'avocat commanda d'une voix forte, un café qui se révéla inoubliable et très vite servit.

— Je suis revenu définitivement pour passer ma retraite auprès de mon fils, il va peut-être avoir des ennuis, tout ça pour avoir sauvé votre frère qui s'est fait agresser hier soir sur le bord de mer, derrière les spots de surf. Je suis venu vous demander conseil, dit Ferdinand d'une voix mal assurée, en cachant un peu dans ses manches ses mains tatouées.

Le vieil avocat l'examina en détail, tournant et retournant dans sa main, le pommeau d'argent de sa canne. Ferdinand lui raconta le commissariat, le feu rouge avec les lunettes de soleil sous la pluie et le taux d'alcoolémie. Sans mot dire, l'avocat le fixait de ses petits yeux durs et buvait son excellent café en tenant toujours fermement sa canne.

— J'ai peur de ne pas pouvoir faire grand-chose, car il y a peu d'éléments, presque rien dans le dossier, pour l'instant. Votre fils est devenu assez imprévisible depuis son accident de moto. Cela faisait bien du souci à ma pauvre épouse, toute cette vie de débauché, toute cette violence et ses mauvaises fréquentations dans les bas-fonds de Pau ou de Bayonne. En ce moment, il traîne avec un activiste allemand, fiché pour troubles à l'ordre public. J'espère seulement qu'il n'a pas assommé mon frère pour le voler et ensuite revenir le sauver, craignant d'y être allé un peu fort, cela s'est déjà vu, dit-il en levant les mains comme pour démontrer la force de son argument.

Ferdinand se racla la gorge et pensa qu'il devait défendre son fils.

— Je ne vois pas pourquoi il aurait fait une chose pareille ! dit-il avec conviction, votre frère a dit qu'il lui manquait juste son livre avec une photo dedans. Il avait tout son argent, ses cartes de crédit, son téléphone et sa montre de luxe. Je crois que ce n'est qu'une agression gratuite, de jeunes voleurs saisissant une bonne occasion de récupérer quelques objets de valeur. Je pense que Gilbert les a dérangés et qu'ils n'ont pas eu le temps de tout prendre.

Le vieil avocat s'agita sur sa chaise en levant les bras au ciel, avec sa cane menaçante.

— Mais mon ami, les petits voleurs à la sauvette ou les jeunes surfeurs désargentés ne volent pas de livres, ça n'a pas de sens ! Et pardon de vous dire ça, ajouta le vieux qui n'était pas à court d'arguments, si comme je le pense, vous ne l'avez pas lu, le livre de

Jean-Martin Dupré est juste bon à offrir à quelqu'un qu'on ne souhaite plus revoir ! Son éditeur m'a dit qu'il était défiguré, il doit être désespéré, c'est un charmeur, c'est difficile de faire des conquêtes pour oublier son âge, avec une gueule trop cassée. En plus, il y a un océan entre une balafre de duel plutôt distinguée et un nez cassé avec des yeux au beurre noir, façon panda qui se serait battu contre un ours polaire ! ricana l'avocat avec de grands gestes démonstratifs.

— Donc, reprit Ferdinand, avec plus d'assurance, motivé pour la défense de son fils, je ne peux pas compter sur vous si on accuse Gilbert d'autres choses que d'avoir brûlé un feu rouge, en état d'ivresse, avec des lunettes de soleil sous la flotte ? Tout simplement parce qu'il n'y a pas eu de témoin et que Gilbert semble le coupable idéal de l'agression d'un journaliste vedette ? Et pour le livre, ce n'est peut-être pas pour passer un bon moment dans son fauteuil au coin du feu qu'on l'a pris, mais pour la photo dedans qui pouvait être compromettante pour quelqu'un d'important ? Peut-être qu'on pouvait faire chanter un notable en trouvant qui était l'enfant ? Le journaliste a bien fait d'en faire une copie, comme des photos des murs de la cabane de plage. Il suffira peut-être de trouver à qui elle appartenait, cette cabane.

L'avocat le coupa sèchement en agitant encore sa cane.

— Cette cabane de plage était louée au nom de ma fille depuis trois ans, c'était facile à trouver auprès des commerçants du coin ! Et puis le bord de mer est truffé de caméras de surveillance, ils en ont rajouté pour le G7. Il faut attendre l'examen des bandes, en priant pour qu'on n'y voit pas Gilbert faire autre chose que de porter secours à un blessé. Maintenant vous pouvez toujours chercher qui avait fait un musée à la gloire de mon frère, dans cette cabane, pourquoi pas lui, pour dynamiser ses pauvres écrits ? Vous avez du temps de libre maintenant.

— Il est exact que j'ai du temps de libre depuis ma retraite. Je regrette seulement de ne pas en avoir eu assez avant, pour mon fils et sa mère, que j'aurais bien aimé revoir avant sa mort, si j'y avais été autorisé plus souvent, dit Ferdinand avec amertume.

— Cela perturbait Gilbert quand vous veniez le chercher pour déjeuner. On le retrouvait plus rebelle et plus déraisonnable qu'avant. Quant à sa mère, c'est elle qui ne voulait pas vous voir, elle continuait sa vie de bohème et de débauche, elle voulait être libre. Vous avez été souvent remplacé voyez-vous ! Elle est morte comme elle a vécu, en mettant fin à ses jours, sans se soucier de la réputation de sa famille ou même du chagrin qu'elle causerait.

Ferdinand se raidit, complètement effaré et irrité par la méchanceté du vieux.

— Comment ? elle n'est pas morte dans un accident de voiture comme on me l'a écrit votre épouse ?

L'avocat s'agita un peu dans son fauteuil Voltaire.

— C'était juste la version officielle, la meilleure pour Gilbert et pour tout le monde. En vérité, elle s'est jetée de la falaise, en haut de la plage des Basques, c'est plus calme là-haut que sur la grande plage. Elle était seule et elle n'a pas laissé de lettres, ni pour vous, ni pour son fils, ni pour moi. Il n'y a pas d'explications à son geste, juste sa fragilité mentale...

L'avocat perdit un peu de sa superbe, soudain plus sombre, le regard plongé vers le parc de la propriété, comme si son invité n'était plus là. Ferdinand se leva pour prendre congé, en comprenant que l'entretien était terminé.

Il se dirigea avant de partir vers la cheminée, où il avait vu un portrait d'Irène et de sa mère. Elle était telle qu'il l'avait connue, brune au regard bleu perdu dans le vague, avec cet air mystérieux et fragile qui l'avait séduit. Il sortit son téléphone et fit un cliché de la photo, sans que le Maître l'interdise.

— Juste une photo mon ami, n'y touchez surtout pas ! lança l'avocat dans son dos, Irène a toujours été fragile. Dans votre cas, ce qui a été bien, c'est de ne pas avoir de fille, cela vous a évité de grosses déceptions. Tenez-moi informé de votre enquête et n'hésitez pas à me consulter si Gilbert est convoqué devant le Tribunal correctionnel, conclut-il en appuyant sur la sonnette, pour faire apparaître sa servante.

La voix du grand Maître se perdit dans les soieries et les tableaux sombres des ancêtres. Sans un regard, Martine redirigea le vieux marin jusqu'à la porte. Ferdinand trouva étrange qu'elle entende la petite sonnette alors qu'elle était sourde. Lors de ces escales, quand il venait chercher Gilbert pour déjeuner, c'était la mère d'Irène qui ouvrait et accueillait les visiteurs. Dans le petit couloir étroit qui filait vers une série de portes fermées, Ferdinand remarqua les peintures de Gilbert. En se tordant le cou, il en vit au moins cinq grands formats. Il regagna la grosse grille bleue d'un pas alerte, sous le regard insistant, mais tranquille du chien, fidèle à son poste de guetteur. Le vieux marin déambula d'un pas nonchalant pour retourner vers le Casino. Il venait de décider d'aller voir Jean-Martin Dupré dans son bel appartement du bord de mer, après l'avoir informé de sa visite par téléphone.

CHAPITRE 9

La balade de Martine Blain.

Martine Blain regarda Ferdinand s'éloigner vers le grand portail de la propriété et enfila son manteau beige pour le suivre. Elle était persuadée que ce fouineur de marin leur attirerait des ennuis, mais pouvait lui être utile. Elle pensait qu'il n'était jamais bon de remuer la vase dans l'eau dormante. Pas plus que son Maître vénéré, elle n'appréciait Ferdinand. Il lui rappelait son agression passée. Bien sûr Ferdinand ne lui avait rien fait, mais c'était un peu comme ceux qui ont une peur incontrôlable des gros chiens sans muselière, parce qu'ils se sont fait mordre une fois. Ils changent de trottoir. Elle n'y pouvait rien, elle était en alerte dès qu'elle le voyait, car elle n'aimait pas les marins. Bertrand non plus, mais là, c'était parce qu'ils n'étaient pas de la même souche prestigieuse. Ils venaient d'un autre monde, c'est tout. C'était bien résumé dans la vieille histoire des torchons de cuisine et du beau linge brodé, qu'il valait mieux ne pas mélanger dans les machines à laver familiales. Quand Martine s'était fait agresser sur le port de Bayonne, Maître Bertrand- Henri Dupré l'avait défendue et avait fait condamner ses agresseurs. Depuis, elle était solidaire de son Maître, pour tout ce qu'il décidait et elle le soutenait toujours dans ses prises de position. Son agression remontait il y a longtemps, un soir quand elle revenait d'une fête, sur le port de Bayonne. Elle rentrait avec son amie Brigitte quand deux marins avaient surgi de nulle part, sur le quai désert. Brigitte était très grande, avec une forte poitrine qui avait tout de suite attiré les hommes alcoolisés. Elle avait eu droit à des attouchements dégoutants, l'un des marins la maintenait pendant que l'autre voulait s'aventurer plus loin. En état de légitime défense, Martine lui avait fracassé sa bouteille de bière sur la tête. Celui qui tenait Brigitte s'en était alors pris à elle et l'avait tabassé à coups-de-poing. Brigitte avait ramassé la bouteille cassée et avait défendu son amie, en se jetant sur le marin avec des gestes de self-défense. Elle lui avait lacéré l'avant-bras avec le débris tranchant. Le marin saignait comme un porc en criant qu'il allait la tuer et l'avait blessé à son tour en lui entaillant la joue avec un grand bout de verre. Heureusement, une voiture de patrouille portuaire était arrivée pour faire cesser l'agression. Martine avait eu deux dents cassées avec la mâchoire déplacée et Brigitte quelques points de suture sur la joue. Martine en avait fait longtemps des cauchemars. Pendant de nombreuses années, elle n'osa plus sortir seule le soir. De toute façon, elle n'avait plus de raison de le faire. Elle habitait et travaillait à la "*Villa l'Aurore*" et était exclusivement au service de la famille de Bertrand. Avant, quand Irène et sa mère étaient encore vivantes, elle avait plus de travail et de cuisine, car l'avocat recevait souvent. Maintenant, quelques confrères passaient de temps en temps pour jouer au bridge ou au tarot. Le Maître faisait juste servir un apéritif dînatoire avant la partie de cartes. Les chambres de la grande villa restaient vides presque toute l'année, car la proche famille gardait ses distances. Martine ne s'en plaignait pas. Elle vouait une reconnaissance éternelle à l'avocat qui l'avait défendue contre des barbares et l'avait recueilli pour lui donner du travail et un toit. Elle aimait être avec lui. Avec le temps, il s'était installé entre eux, une complicité de vieux couple. Le grand âge de l'avocat, avec ses problèmes cardiaques, l'obligeait à alléger ses journées et à déléguer de nouvelles tâches, dont une bonne partie de sa correspondance à Martine, devenue ainsi sa secrétaire particulière. C'était bien cette correspondance, qui aujourd'hui motivait sa sortie en ville. Bertrand recevait depuis quelque temps des mails menaçants. Le chantage aux révélations fracassantes n'était pas direct, mais revenait sans cesse, comme une menace sur leurs vies tranquilles. Bien sûr, elle n'en avait pas encore parlé à Bertrand. Elle essayait de gérer cela toute seule, en faisant parler son correspondant anonyme, pour savoir ce qu'il savait vraiment et jusqu'où il irait. En vérité, elle ne pouvait en parler à personne et guettait la boite de réception des messages, tous les jours avec angoisse. Elle n'avait rien appris qui puisse la faire avancer sur l'auteur anonyme et ne savait plus trop quoi faire. Pour agir concrètement, il aurait fallu aller en parler à la police, à ce policier que Bertrand avait engagé dans le temps, pour suivre discrètement Irène. Elle ne pouvait pas faire ça, Bertrand l'aurait su et cela l'aurait rendu malade. Pour l'instant, elle explorait les différentes réponses trouvées sur le net, un peu comme quand on a d'étranges symptômes. Elle voulait se rassurer, voir comment les autres victimes de maître-chanteur s'en sortaient. Elle priait pour que cela s'arrête et puis, elle essayait de trouver des explications toute seule, d'enquêter comme dans les romans policiers qu'elle lisait tous les soirs. Elle cherchait un allié, donc pourquoi pas Ferdinand Dupont qui lui aussi cherchait à comprendre. Elle pensait que ce pouvait être Gilbert qui envoyait ses mails, car le maître-chanteur savait beaucoup de choses personnelles et il avait de bonnes raisons pour menacer l'avocat qui refusait parfois de lui donner de l'argent. Le père de Gilbert semblait motivé pour aider son fils incontrôlable et alcoolique. Il découvrirait peut-être quelque chose pour recouper sa recherche sur les mails anonymes. Elle ne savait pas ce que Ferdinand cherchait, mais elle se disait qu'il faudrait peut-être l'empêcher de trop fouiller, pour innocenter son ange noir. Elle était bien contente que Gilbert soit parti de la Villa, peu après avoir touché la rente de l'assurance pour son accident. Mais elle n'aimait pas non plus quand il revenait le soir, généralement après le dîner, pour troubler leur tranquillité. Gilbert était tout le temps ivre, excité et bruyant. Bertrand recevait son petit-fils dans la bibliothèque en citronnier et invariablement finissait par élever la voix. Martine écoutait sa colère, l'oreille collée contre le capitonnage anglais de la porte. Elle notait toutes ses visites sur un petit carnet. Presque, à chaque fois, les portes finissaient par claquer et quand l'intrus excité était parti, Bertrand demandait un petit whisky pour se remettre de ses émotions. Martine le lui apportait en traînant des pieds, sachant que ce n'était pas autorisé avec ses problèmes cardiaques. Mais

Bertrand aimait être obéi, c'était un caractère fort qui exigeait qu'on se plie à ses directives. Souvent, ses ordres, le cadre de vie qu'il imposait avec des horaires, des manières convenables et une éducation exemplaire, étaient mal compris. Sa fille Irène ne le supportait pas. Toujours, elle s'arrangeait pour contourner les interdits en agissant à sa guise. Elle menait à la fin, une vie de débauche éhontée pour son milieu social si envié. Bertrand avait toujours peur qu'il lui arrive quelque chose ou qu'elle se fasse aussi agresser. Alors, il la faisait suivre. Il avait discrètement embauché un policier, Lucien Andriani, mais cela n'empêchait pas Irène de faire n'importe quoi. Jusqu'à sa mort, elle avait été rebelle à tout, un peu dépressive. Martine savait que le maître avait pris son suicide comme quelque chose qu'il attendait, mais pas qu'il espérait. La disparition de sa fille unique, après celle de sa femme, l'avait fait vieillir plus vite. Il avait déclaré que ce n'était pas dans l'ordre des choses, les vieux doivent partir avant les jeunes, c'est tout. Il avait aussi dit que, heureusement, Martine était toujours près de lui. Elle mettait un point d'honneur à aplanir les difficultés qui se présentaient. Efficace et dynamique, elle essayait toujours de maintenir l'ordre, auquel le maître était si attaché. Même la plus petite mouche ne devait pas troubler sa tranquillité. Martine Blain descendait à grandes enjambées le boulevard du Prince de Galles en bord de mer. Avec sa grande taille, elle ne quittait pas des yeux le vieux marin qui marchait devant elle, avec son bonnet bleu, roulé haut sur le crâne et sa doudoune orange. Ce couvre-chef assez moche faisait voler au vent sur les deux côtés, ses cheveux blancs longs et bouclés, un peu comme les grandes oreilles tombantes d'un triste Basset hound. Elle était sûre qu'il irait chez le journaliste dont Irène, à la dérive, s'était entichée. Martine aussi la suivait avant son suicide. Souvent, avant sa mort, elle avait vu Irène se rendant sur la plage, pour continuer sa déco personnalisée de la cabane, en buvant et en chantant. C'était son repère, sa bulle d'air, rien de méchant, sauf quand Martine avait compris qu'elle laissait des messages pour l'homme qui l'avait aimé un soir. Là, elle avait pensé qu'il faudrait tout arrêter si cela venait à faire du tort à Bertrand. Elle traversa place Clémenceau après le marin qui se dirigeait vers la porte de la résidence Bellevue. Elle attendit un peu que le portail s'ouvre, puis elle fit demi-tour pour aller à boutique de couleurs s'acheter des godets d'aquarelle. Elle pensa qu'elle aimait bien suivre les gens, même sous la pluie, cela lui faisait une bonne raison de sortir en balade. Bien sûr, Bertrand ne le savait pas, il ne l'aurait pas compris et sûrement pas admis. Il lui aurait donné en exemple un détraqué, sorti tout droit d'un de ses dossiers d'instruction et il aurait été contrarié par cette manie. Martine pensa qu'il était normal que le vieux Ferdinand aille voir le frère de Bertrand que son fils avait sauvé. En revanche, le suivre dans son enquête personnelle, sans vraie raison, sans qu'on lui demande rien, faisait de Martine un être malsain, voilà ce qu'aurait dit ou pensé le vieil avocat. Elle retourna donc vers la villa, avec son sachet de godets d'aquarelle à la main. En surplombant la plage des Basques, elle vit près des spots de surf, des policiers en civil qui faisaient des relevés d'échantillons, devant la cabane de plage d'Irène. Elle sourit sans s'arrêter, plus préoccupée par les averses d'automne qui recommençaient à tomber dru. Soudain, comme elle passait sous un balcon en bois vert pour se protéger de la pluie, elle reçut,une brique de jus de raisin noir, salissant d'un coup son beau manteau beige en alpaga. Elle poussa un petit cri en levant sa tête dégoulinante de liquide collant. Il n'y avait personne, juste sûrement un sale gosse qui rigolait derrière un rideau. Elle resta un instant sans bouger en regardant le jus de fruit rouge qui coulait sur le trottoir. Elle jeta un coup de pied dedans pour l'envoyer dans le caniveau en riant.

CHAPITRE 10

Chez Jean-Martin Dupré

Jean-Martin ouvrit sans méfiance le portail de la résidence Bellevue et descendit dans le hall accueillir Ferdinand pour le guider à travers le long couloir qui menait à son appartement. Le journaliste était particulièrement chic, avec une fine moustache et un beau foulard en soie. Pour oublier sa mésaventure et cacher les marques bleues qui entouraient encore ses yeux, il portait en permanence des lunettes de soleil à la *James Dean*. Il guida Ferdinand sur le pallier très dégagé de son étage et lui montra le panorama sur la grande plage à marée basse. Il le reçut dans le petit salon au ficus énorme encombrant la double porte-fenêtre avec pleine vue mer. Comme tous les invités, Ferdinand se campa un instant devant les grandes ouvertures pour admirer le rocher du Basta. Il accepta avec plaisir le café que lui proposait le journaliste. La pièce était meublée avec goût, mais encombrée d'un grand bureau jonché de papiers. Ferdinand se dit qu'il devait y avoir un autre livre en préparation, un de ceux que le « beau-père » offrirait aux gens qu'il ne voulait plus jamais revoir. Sur la table basse encombrée de revue d'Arts et de Décoration, Ferdinand eut le regard attiré par un manuscrit relié dont le titre l'intrigua : « *JE ME SOUVIENS* ». Il repensa aux lettres rouges de la cabane de plage, dont parlait la presse locale.

Il demanda d'un ton détaché et un peu mondain en prenant sa tasse de café :

—Votre mauvaise aventure chez nous vous a déjà inspiré ?

— Pas que moi, dit le journaliste soucieux. J'ai reçu le manuscrit par la poste, il est arrivé avant ma sortie de l'hôpital, c'est une étrange coïncidence qui me laisse songeur et je dois vous l'avouer un peu troublé.

—Vous m'intriguez, quelle en est donc l'histoire ? demanda Ferdinand en sirotant son café.

— C'est une histoire qui ressemble à ma vie. Il y a des choses qui ne regardent personne. C'est un torchon impudique ! s'écria Jean-Martin en serrant les poings.

Ferdinand réfléchit un instant au terme approprié pour éviter de passer pour un rustre.

— Une biographie non autorisée en somme ? Il y a des passages qui ne vous plaisent pas ou des moments que vous auriez préféré ne pas voir dévoilés, ce que l'auteur n'a pas compris dans la commande ?

Le journaliste tripota nerveusement ses longues boucles noires.

— Ce n'est pas une commande, c'est bien là le problème. C'est un maître-chanteur qui écrit sur ma vie et veut que j'intervienne pour être publié en lui filant dix mille euros d'à-valoir ! Un acompte si vous préférez. Cela parle d'un fils que j'ai abandonné après avoir séduit vite fait sa mère, la fille de mon frère ! Vous vous rendez compte, une horreur ! Le problème est que je ne me rappelle pas et pourtant, je ne fais qu'y penser !

—Vous n'étiez peut-être plus en état de savoir ce que vous faisiez, cela nous arrive souvent, après une belle tournée de bars, dit Ferdinand compatissant. Moi-même, si cela se trouve, j'ai de la parenté aux quatre coins du monde, j'étais marin sur les navires de tourisme, alors vous pensez, si je devais me souvenir de chaque escale et de toutes les femmes rencontrées dans tous les ports. Mon fils connu est Gilbert, le fils d'Irène qui vous a sauvé, c'est bien ma seule certitude et ma seule famille.

Le journaliste se redressa d'un coup comme s'il sortait d'une petite sieste et se rappelait le but de la visite.

— Ah oui, Gilbert, c'est vrai que nous sommes parents, c'est pour ça que vous étiez venu me voir, il va bien ? Il était blessé lui aussi, c'était une chute avec son vélo Georges, je crois ?

— C'est ce qu'il a raconté, dit Ferdinand en souriant, mais il s'est aussi fait tabasser dans un bar, il devait se sentir solidaire quand il vous a sauvé. Je sors de chez votre frère, Maître Dupré, qui m'a d'ailleurs parlé de vous, ce qui m'a donné envie de venir vous voir.

— Bertrand ? Mon frère ? C'est un conseil précieux, rien d'autre pour moi. Je l'ai eu au téléphone pour lui demander son avis sur un dépôt de plainte après mon agression, vous vous entendez bien ? demanda Jean intéressé.

Ferdinand sortit sa vieille pipe pour demander d'un regard s'il pouvait l'allumer.

— On ne peut pas dire bien, c'est compliqué. Sa fille était la mère de Gilbert, et même si je suis son père, on va dire que ce n'était pas facile entre nous, lui et moi.

—Voilà qui ne m'étonne pas ! lâcha le journaliste avec force de conviction. Bertrand est un vieux précieux, aigri, dictateur et plein de principes, on n'est jamais assez bien pour lui, il y a toujours lui et les autres dans le caniveau, il se prend pour un prince mais est bien loin d'en avoir le panache, la générosité ou l'ouverture d'esprit et il a toujours été comme ça, c'est le cheval d'Henri IV, pas son noble cavalier ! On ne s'est jamais bien entendu...

—Ce que vous dites est un peu vrai, mais je suis resté longtemps sans le voir à cause de mes voyages et je dois avouer que je le connais peu car, effectivement, je ne lui convenais pas plus que ça pour sa fille. Mais avec sa femme, ils se sont toujours bien occupé de Gilbert, de sa petite enfance jusqu'à son accident de moto, qui a un peu chamboulé l'édifice familial. Et puis, je l'ai trouvé très seul et très malheureux depuis le décès de sa fille et de sa femme, il m'a fait un peu pitié.

— Je ne suis pas sûr qu'il mérite votre pitié, s'il vous a rejeté comme je l'imagine. Et Irène ? Elle n'osait pas s'opposer à son avocat de père qui décidait de tout et pour tout le monde, c'est ça ? demanda calmement l'écrivain.

— C'est vrai aussi, c'était plus facile pour elle de garder Gilbert que d'insister pour me garder moi. Gilbert a été élevé au mieux par ses grands-parents. Irène, s'accordait un peu de liberté en continuant sa vie d'éternelle adolescente rebelle, mais elle était sûrement très malheureuse, j'ai appris ce matin qu'elle n'était pas morte dans un accident de voiture, comme on l'a dit, mais qu'elle s'était suicidée en se jetant du haut des falaises.

Ferdinand tendit à Jean son téléphone avec la photo volée d'Irène et de sa mère.

— C'est terrible cette fin tragique, je l'ai appris par la femme de mon frère quand j'étais à New York, mais Pauline m'avait dit qu'il s'agissait d'un accident de la route, comme à vous, dit Jean sur un ton compatissant .

Jean sortit son propre téléphone avec la photo de l'enfant du livre et la présenta à son visiteur. Le vieux marin examina les clichés pour les comparer. L'écrivain penché sur son épaule eut soudainement un sursaut, comme quand l'évidence est là.

— On dirait qu'ils sont de la même famille, c'est fou cette ressemblance ! lança l'écrivain tout excité. Et peut-être que l'enfant est mon fils caché, comme dit le manuscrit...

— C'est peut-être lié à cette histoire. Si vous m'y autoriser, coupa Ferdinand doucement, je voudrais bien lire le manuscrit. Ne vous inquiétez pas, je ne le publierai pas dans votre dos.

— Pourquoi pas, je n'ai rien à y perdre et je vous fais confiance et puis vous êtes de la famille, vous me plaisez bien et indirectement, je vous dois quelque chose, à travers le bon geste de votre fils. S'il n'était pas passé par la plage, je me serais peut-être fait bouffer les yeux par les goélands ou les mouettes ! dit Jean en prenant une expression horrifiée

Ferdinand rentra après une soirée bien arrosée chez son nouvel ami, le journaliste et écrivain Jean-Martin Dupré, frère de son illustre beau-père, mais tellement plus aimable. Il tombait une pluie fine qui l'accompagna jusqu'à son van vert, garé sur les hauteurs de la plage. L'écrivain lui avait mis le manuscrit dans un sac plastique qu'il tenait fermement à la main. Ferdinand fut dépassé par plusieurs véhicules de police, toutes sirènes hurlantes et décida de faire un détour de curiosité, car au loin, vers la plage, il y avait un attroupement. Quand il arriva en bas des escaliers, devant les spots de surf, il vit les débris calcinés autour d'un cabanon bleu. C'était la cabane du journaliste qui avait brûlé. Il se dit qu'il ne restait plus rien des souvenirs d'Irène. Les fumées avaient dû s'envoler vers le large, emportant les mots et les photos comme un cerf-volant tordu par le vent de mer. Les gens étaient rassemblés comme au feu d'artifice pour le quinze août, devant le rocher du Basta. Ferdinand se glissa parmi eux pour écouter les conversations. Ils se demandaient pourquoi cette cabane était le lieu de tant de méfaits. Ferdinand pensa que leur curiosité ferait sûrement de la pub à son copain Jean-Martin Dupré. Les curieux achèteraient peut-être encore plus ses livres, rien que pour voir si l'écrivain était vraiment si intéressant que ça. On l'avait assommé après la découverte d'une cabane à sa gloire. Maintenant, il ne restait plus que quelques planches noircies et les photos dans les journaux. Peut-être aussi, que c'était juste un coup de pub pour vendre des livres ? N'en déplaise à Maître Dupré, c'était l'événement de la semaine qui meublerait les discussions des soirées dans les bars du port.

CHAPITRE 11

La soirée au quartier Bibi Beaurivage.

Arrivé tout trempé devant son camion vert anis, Ferdinand vit Gaspard qui l'attendait devant, adossé à la roue de secours. Tout de suite, en s'approchant sous les réverbères à la lumière jaune, il eut une révélation en regardant le grand jeune homme aux yeux bleus perdus dans le vague : il pensa que ce pourrait être lui, l'enfant de la photo, l'enfant d'Irène et peut-être de l'écrivain, car il en avait le haut du visage, le côté beau gosse, flegmatique, avec de l'allure, une aisance naturelle.

— C'est gentil de venir me faire une petite visite, tu n'as trouvé personne pour sortir ce soir, avec ce mauvais temps ? demanda Ferdinand en souriant.

— Je sais qu'il est tard mais, j'ai quelque chose à vous raconter, c'est urgent. En vérité, dit Gaspard un peu timidement, j'allais peinard vers mon camion, après être allé boire un coup avec des potes, à la sortie du boulot. J'ai entendu les voitures de police. J'ai vu le feu dans la cabane de l'écrivain. C'était avant que les policiers arrivent. Mais j'ai vu autre chose, je me suis dit qu'il fallait vous le dire, parce que vous sauriez quoi faire.

Le jeune pris place sur la banquette sale et sortit de dessous son caban de marin une bouteille de whisky. Ferdinand lui tendit les verres qui égouttaient sur l'évier et Gaspard patienta jusqu'à ce que le vieux se soit installé, autour de la table pivotante en formica.

— Je crois que j'ai vu Gilbert sur la plage, avant les sirènes de la police, articula Gaspard doucement. Il était couché sur une planche de surf orange. Il avait près de lui et un truc carré bleu, à mon avis, c'était un jerrican d'essence.

Ferdinand encaissa le coup en manquant s'étouffer et recracha en toussant le whisky qui soudain lui brûlait le gosier.

— Et il t'a vu, si t'es sûr que c'était lui, il était tout seul ? demanda-t-il inquiet.

— Non, il ne m'a pas vu. Je me suis caché derrière le muret en béton, mais je suis sûr que c'était lui. Il avait son ciré jaune sans la capuche, on voyait ses cheveux longs et noirs, sa barbe de *Hipster*. Ce n'était pas loin de la route. Il essayait de se remettre debout, j'ai vu sa jambe avec la chaussure orthopédique. Il n'y avait personne d'autre. Il faisait nuit et il devait être plus de vingt-trois heures, après la promenade des chiens. C'est pour ça que je suis venu vous voir si tard, je ne sais plus trop quoi penser ! J'ai filé à l'arrivée de la police sans aller sur la plage, voir si c'était bien Gilbert. Je ne voulais pas avoir de problèmes avec les flics et je me suis dit qu'ils lui viendraient en aide s'ils le trouvaient.

—Tu as bien fait mon Gaspard, tu as bien fait mon p'tit gars. Mais pourquoi diable Gilbert aurait-il foutu le feu à la cabane de l'écrivain, car c'est bien celle-là qui a brûlé ?

— Oui, la bleue, toute petite, derrière le spot du milieu. Je me suis mêlé aux badauds, dans la descente, on voyait bien. Je ne sais pas pourquoi Gilbert aurait fait ça, il était peut-être bourré, il ne se contrôle pas dans ces cas-là. Il a des soirées et des nuits difficiles depuis son accident et il boit beaucoup pour s'abrutir. Il a l'alcool mauvais, il s'en prendrait à n'importe qui, ou ferait n'importe quoi, quand il est comme ça ! lâcha Gaspard en se mordant les lèvres, regrettant déjà d'avoir parlé du caractère difficile de son ami devant son père. Ce qui m'embête le plus, c'est que je ne sais pas si je dois le dire à Gilbert que je l'ai vu, reprit-il après un court instant.

— Je crois que tu ne dois rien dire pour l'instant, dit Ferdinand d'une voix sourde, j'essaierai d'en savoir plus demain matin, j'irai le voir, vers onze heures, au saut du lit. En attendant, toi qui le connais bien, sais-tu si Gilbert écrit des romans, des histoires ou s'il passe beaucoup de temps sur son ordinateur à écrire ?

— Je sais qu'il y a beaucoup de papiers et de factures dans son antre à l'étage, il passe beaucoup de temps à les rentrer dans l'ordinateur. Sinon, il ne m'a jamais parlé de textes qu'il écrivait et il ne m'a jamais rien fait lire, répondit Gaspard en secouant la tête.

— Et comment s'est passé votre première rencontre, c'était où et il y a combien de temps ? reprit Ferdinand en ordonnant ses notes.

— On se connaît depuis environ trois ans, c'était après son accident. Il marchait comme une âme en peine sur le port de Bayonne, en traînant sa jambe raccourcie. Je bricolais le bateau d'un copain. On a discuté et je l'ai invité à boire une bière. Il m'a raconté son accident puis tout ce qu'il subissait de la part des médecins et des experts. Moi, je lui ai parlé de mon envie d'en avoir un à moi de bateau, mais je n'avais pas encore hérité, je travaillais dans un resto pour boucler mes fins de mois. Il m'a dit qu'il m'aiderait quand il aurait son fric et surtout, quand je lui ai dit que je n'avais pas de famille, il m'a dit que maintenant, je l'avais lui. On se voyait souvent et depuis ma majorité, j'ai hérité et j'ai acheté mon rafiot. Lui, il a enfin touché les indemnités de l'assurance pour son accident et s'est acheté l'atelier. Quand il m'a proposé de tenir la boutique, j'étais aux anges, c'était mieux que de travailler dans un resto de poissons qui puent avec les horaires d'enfers, pour une poignée de sous. Avec Gilbert, on travaillait entre potes, on a presque le même âge. Je ne gagne pas beaucoup, mais ça me va bien, je me débrouille. C'est ma famille

Gilbert, ça m'embête s'il a fait des conneries.

Ferdinand décida de sortir son téléphone et lui montra la photo prise dans la cabane, repiquée sur celle de l'écrivain.

— Et cet enfant-là, avec sa boite et ses yeux tout tristes, il te dit quelque chose ?

— C'est moi quand j'étais petit. J'avais mon polo bleu ciel avec le dauphin que j'aimais bien, j'avais fait des comédies pour l'avoir, sur un marché. J'ai déjà vu une photo semblable sur le buffet, chez ma nounou. Il faudrait qu'elle vous la montre pour comparer, mais c'est moi, vers mes cinq ans, avant mon entrée à l'école primaire. Vous avez eu ça où ?

— Une de mes connaissances l'a trouvé dans un livre abandonné, dans la cabane qui a flambé, répondit Ferdinand en gribouillant sur un papier coloré : "*voir la nounou*". On lui a repris depuis, heureusement qu'il a fait une photo, dit sobrement le vieux en se levant pour signifier à Gaspard qu'il était fatigué. Ne t'inquiète pas, ça va aller p'tit, on va défaire tous les nœuds. Tu dois rentrer chez toi maintenant, on se verra demain à l'atelier, chez Gilbert.

Gaspard remit son manteau trempé et Ferdinand le raccompagna dans la rue. Le vieux marin continua tout haut son raisonnement intérieur.

— En plus, ça m'étonnerait que ce soit un jerrican d'essence, le truc près de Gilbert. Vu que la cabane a brûlé ce soir, la police a dû le ramasser avec Gilbert, qui doit encore être au poste. Mon copain Lucien va peut-être m'appeler, comme la dernière fois.

Gaspard approuva d'un signe de tête. Il était quand même certain d'avoir vu Gilbert, couché sur la plage, pendant que le cabanon brûlait. Il se demanda pourquoi son ami était resté sur place, s'il avait vraiment mis le feu. Cela n'avait pas de sens. Mais Gilbert avait des comportements étranges, quand il buvait vraiment trop. Il pensa qu'il était inutile d'épiloguer davantage sur le sujet.

— Vous avez raison, dit-il simplement, ça ne devait pas être un jerrican d'essence près de lui. Et puis j'étais loin et il faisait déjà sombre, en plus de ce sale temps. La seule chose dont je suis sûr, c'est que celui qui gesticulait avec ses jambes sur la planche, n'avait pas les mêmes chaussures. Il y en avait une plus grosse que l'autre. Mais tout le monde peut se tromper, n'est-ce pas ?

CHAPITRE 12

Gilbert au saut du lit.

Ferdinand se présenta à l'atelier, dès dix heures le lendemain matin. Pour être sûr de ne pas attendre dans le vent glacial qui s'était levé depuis la veille, il avait préparé sa visite. Dans la poche de veste de Gaspard, il avait pris la clef au plastique vert, marquée "atelier " pendant que le jeune vidait ses ballasts. Le volet de fer s'ouvrit en grinçant sur la porte vitrée et le chat noir aux yeux verts, vint se frotter à lui. Le vieux lui donna ses croquettes et comme Gaspard le faisait, il posa un disque de jazz sur la platine, le genre à faire se trémousser même un futon collé au sol. Il fit couler le café derrière le comptoir et déposa les croissants Italiens à côté des bols. Tout de suite, Ferdinand vit Gilbert entrer en trombe, sale et furieux, couvert de sable et de sang. Il avait sa mine sombre des mauvais jours et se dirigea vite fait vers l'escalier en colimaçon.

— Je vais me laver et me coucher, tu ne me déranges pas ! J'ai passé une sale nuit sur la plage où des gosses ont trouvé drôle de m'enterrer jusqu'au cou ! J'avais même un crabe sur la tête ! Saleté de gosses !

Gilbert était d'une humeur de chien enragé. Il avait déliré toute la nuit à cause des coups de pagaie sur la tête et s'était réveillé au petit matin, enterré dans le sable mouillé, par des gosses qui rigolaient autour de son trou. Il avait réussi à s'extirper du sable en libérant ses mains fixées à la planche et les avaient tellement maudit en leur aboyant tous les gros mots de la terre que les mômes avaient décampé en courant. Il referma la porte et retourna le panneau *ouvert* vers l'intérieur d'un geste brutal.

—Pourquoi est ce que Gaspard t'a donné la clef ? Il est malade ? Il aurait pu me téléphoner !

—Il ne m'a pas donné la clef, elle est tombée de sa poche, quand il est venu boire un verre hier soir, je me suis dit que j'allais la rapporter et que c'était bien qu'on boive un café ensemble pour discuter un peu, j'ai vu ton grand-père et son frère hier.

Gilbert se servit un énorme bol de café noir et se jeta mollement dans un fauteuil de metteur en scène. Ferdinand ne put s'empêcher de regarder le pied atrophié de son fils, en astiquant le comptoir. Dans le prolongement de sa chaussure orthopédique, le bas de sa jambe formait une chose rafistolée, boursouflée, rouge et violacée. Sa cheville, crevassée d'une longue cicatrice gonflée, devait remonter vers le genou.

— Le vieux est toujours d'attaque malgré ses problèmes cardiaques ? ricana Gilbert.

— Je l'ai trouvé fatigué, et puis bien seul dans son grand manoir, depuis la mort de ta grand-mère et celle de ta mère.

Gilbert eut un rire sonore et méprisant en faisant osciller son bol de café.

—Tu parles ! Il n'a que ce qu'il mérite ce sale tyran, de toute façon à part Martine, sa servante sourde-muette, personne ne le supportait. Il n'a jamais aimé personne, ni mamie, ni maman, ni son frère, ni moi, toi, n'en parlons pas ! Il me reprochait toujours de continuer à te voir, les rares fois où tu revenais, au prétexte que tu n'étais qu'un moins-que-rien, qui ne m'apporterait rien de bon. La mamie ronchonnait quand il disait ça et comme cela ne lui plaisait pas, il la punissait en la rabaissant devant nous. Maman, elle, faisait ses coups en douce, elle était plus maligne pour éviter de s'attirer ses foudres. Quand le vieux bouc s'énervait, elle chantait comme une folle-dingue et dans la soirée, elle filait en ville par la fenêtre pour se pinter et oublier. Une ou deux fois, les flics l'ont ramené bourrée à la villa, au petit jour. Ils étaient mielleux à souhait devant le vieux qui les prenait de haut. Un matin, avant d'aller au collège, j'ai assisté à ça. Elle le toisait d'un air mauvais en se tordant les doigts, on aurait dit une ado en apparence toute fragile, mais en vrai, elle lui foutait la honte ! Elle a raconté à mamie qu'elle disait des horreurs sur lui au commissariat, même qu'elle était maltraitée moralement, si tu veux tout savoir. Mais ils n'ont jamais fait d'enquêtes, tu parles, avec ses relations dans la justice et la police, les flics se seraient retrouvés à la circulation au Sahara, s'il y avait eu des routes ! Ferdinand se mit à rire en pensant aux caravanes de dromadaires ayant sur le dos, des policiers en uniforme ne maîtrisant pas leur monture, sans même une bouteille de coca pour les faire avancer. Il se souvenait en avoir croisé un, qui adorait cette boisson, près de *Tozeur*. Il raconta ce souvenir à Gilbert qui éclata de rire, en trouvant une vidéo sur son téléphone. Puis, Ferdinand en revint plus gravement à Irène.

— Est-ce que tu as souvenir de lui avoir vu un gros ventre à ta mère ?

— Tu me demandes si elle s'est retrouvée enceinte après ses virées nocturnes ? Pas dans mon souvenir jusqu'à mon accident, après, j'ai quitté la maison. Je préférais encore rester à l'hôpital plutôt que d'être enfermé dans la baraque du vieux ! Ensuite, je suis allé chez des copains, en attendant d'avoir un coin à moi.

Gilbert continuait à chercher des vidéos de dromadaires sur son téléphone, pour montrer que la conversation l'ennuyait. Ferdinand insista et reparla d'Irène.

— Maman, c'était comme une copine éloignée, elle vivait dans son monde, pour elle. Elle s'en foutait complètement de ce que je pouvais faire ou devenir. Quand j'ai eu mon accident avec mes trois mois d'hôpital, elle n'est venue me voir que deux fois. Elle m'apportait des peluches débiles et des chocolats. Mamie, elle venait toutes les semaines, parfois avec son baveux, qui me faisait toujours la leçon, mais se chargeait de mon dossier d'indemnisation à l'assurance. Je lui dois au moins ça !

— Ben tu vois, il a au moins servit à quelque chose, il faut toujours voir le verre à moitié plein. C'est pour ça que tu lui as donné des tableaux ?

—Oui, il faut toujours remercier. Je crois d'ailleurs qu'il a accroché mes peintures, preuve que pour une fois, il aimait quelque chose venant de moi, c'est pas tous les jours !

Ferdinand prit le chat Zébulon et s'installa face à son fils, vautré les jambes ballantes, de l'autre côté de la table basse.

— Le seul problème, c'est que je crois que ta mère a eut un deuxième enfant, avec un autre que moi, un fils abandonné à la naissance et qu'on s'est empressé de placer en famille d'adoption, un peu comme ce qui est arrivé à Gaspard.

— Ah ouais, ça ne m'étonne pas, elle vivait sa vie à sa guise. Mamie disait que maman avait été soignée pour une grosse infection pulmonaire en sanatorium en Suisse, comme pour justifier son absence, quand j'étais petit. Elle a pu être soignée pour autre chose.

Ferdinand sortit son téléphone pour présenter à son fils la photo repiquée chez l'écrivain.

— Le petit ressemble à Gaspard, mais je n'ai jamais vu ce gosse chez nous, tu devrais lui demander, je vais prendre ma douche, je pue le crabe avarié...

— Et le gazole peut-être aussi, dit Ferdinand d'un ton très neutre.

Gilbert se retourna vivement dans la montée d'escalier, l'air mécontent en regardant son père bourrer calmement sa pipe.

— C'est quoi cette allusion ? Je n'ai plus de motos, tu le sais, pourquoi je sentirais l'essence ?

— Peut-être parce que tu as foutu le feu à la cabane de plage ? Je serais toi, je frotterais à fond ou mieux, je brûlerais mes fringues, on ne sait jamais qu'il y ait des prélèvements sur toi, vu que tu as déjà retrouvé le journaliste dans ce coin-là. Maintenant, on brûle sa cabane et t'es encore dans les parages, ayant dormi sur la plage le soir de l'incendie, avec un jerrican bleu, peut-être ? On ne sait jamais, que les policiers pensent encore à toi, s'ils n'ont pas grand-chose à accrocher à leurs lignes. Peut-être que quelqu'un t'a vu en dehors des gosses ?

Gilbert ne répondit pas et monta l'escalier en colimaçon en haussant les épaules. Ferdinand retourna le panneau "Ouvert" et accueilli Gaspard, tout paniqué à l'idée d'avoir perdu sa clef. Le vieux marin le rassura et prit congé après avoir accepté une invitation à boire une bière, le soir-même sur le bateau de Gaspard. Il retourna dans son van vert pour lire le manuscrit anonyme que lui avait prêté Jean-Martin Dupré. Après un bon sandwich et une bière, il s'installa confortablement pour la sieste et commença sa lecture. Il pensa vite

121

que c'était consternant et ennuyeux. En faisant des efforts d'attention pour rester éveillé, il aborda la fin, très dérangeante pour son nouvel ami. Il se demanda s'il était vraiment possible d'oublier avoir couché avec sa nièce, sauf à être complètement bourré, amnésique ou un sacré menteur. Il se dit qu'il faudrait vérifier, plus tard. Il avait bien mérité une petite sieste.

CHAPITRE 13

Les ancres rouillées .

Le vieux Ferdinand pressa le pas sous le vent mauvais pour se présenter à l'heure au commissariat. Son copain, le capitaine Lucien Andriani lisait son journal, assis bien droit, sa grosse bedaine collée à la table, débordant de sa ceinture et de son jean,. Il n'avait pas beaucoup changé en vingt ans. Il ressemblait juste de plus en plus à *Indiana Jones,* la moustache en plus. De là lui venait sûrement son surnom de "Indi". Il lui manquait juste le *traveller,* ancien nom du chapeau poussiéreux du héros. Sinon, il était tel que Ferdinand l'avait connu comme marin, souriant et flegmatique. Son gros ventre, sa moustache épaisse plus claire et ses yeux cernés, avec de grosses valises dessous, disaient juste que sa fin de carrière était proche.

— Salut Ferdi, ça fait plaisir ! Qu'est-ce qui t'amène mon vieux ? C'est encore pour ton gamin ?

— Oui Indi, c'est encore pour Gilbert, je voudrais ton aide pour légitimer un peu mon enquête personnelle et aussi ton avis, en souvenir de notre amitié, sur ce que j'ai découvert.

Lucien servit son jus de chaussettes noir réchauffé depuis le matin. Il fallait le connaître ce jus-là, sinon on avait envie de le recracher à la première gorgée tellement il était raide, épais comme du café turc. On aurait dit qu'il était presque pur, sans eau. Ferdinand se fit prendre et repoussa l'immonde breuvage en grimaçant, ce qui fit sourire Lucien.

— Comme tu y vas ! Elle est toujours là notre amitié, même après tous tes voyages. Tu peux tout me raconter, sans rien oublier, Ferdinand !

— Je ne sais pas trop par où commencer. En vérité, je crois que mon gamin a fait des conneries, même son grand-père, l'avocat Dupré, ne semble pas croire qu'il était par hasard sur la plage, pour ramasser son frère blessé.

Lucien fit des grands moulinets avec ses bras en élevant la voix.

— Celui-là, il aime bien culpabiliser les autres en répondant souvent de façon floue, pour te coller des soupçons, sur toi ou tes proches. Il met aussi tout le temps en doute les capacités de ceux qui l'entourent. Il divise pour mieux régner. Le comble pour un avocat, c'est qu'il ne t'écoute pas en te prenant toujours de haut avec son air condescendant, un vrai pervers ! J'ai travaillé pour lui, je le connais !

— Ah oui ? C'était quand, avant que tu n'entres dans la police ? demanda Ferdinand intéressé.

— Oui et non, il m'avait embauché quand on s'est rencontré au tribunal. J'étais content de lui plaire, qu'il me fasse confiance. Je devais suivre sa fille et la protéger quand elle sortait. Il disait qu'elle était fragile mentalement et qu'il ne voulait pas qu'il lui arrive quelque chose. Puis, il m'a à nouveau embauché il y a un an environ. C'était toujours pour suivre sa fille en douce, quand elle traînait trop les bars ou allait à la cabane sur la plage. Les filatures étaient toujours le soir, ça ne gênait pas mon boulot.

125

—Et t'as découvert quoi en suivant la mère de mon fils ? demanda Ferdinand intrigué.

— Que la fille Dupré filait presque tous les soirs par la fenêtre pour aller à la cabane qui a brûlé. Je pensais que la cabane était à l'avocat. Après la mort d'Irène Dupré, j'ai su que c'était elle qui l'avait louée au nom de Monsieur et Madame Dupré, en donnant l'adresse de ton baveux. Mais elle ne faisait rien de mal, elle chantonnait en collant des photos et des articles de journal. Après, elle buvait un coup puis elle se pintait sur la plage ou dans la cabane. La pauvre, c'est sûr qu'elle avait besoin d'air avec le baveux !

Lucien rallongea un peu son affreux café avec un fond d'eau minérale.

— Un jour que je lui faisais ce simple rapport sur les activités de sa fille, ton beau-père m'a menacé à demi-mot de ne pas me payer si je ne trouvais pas quelque chose. Mais je ne savais pas ce qu'il voulait, sauf exercer son pouvoir excessif sur sa fille et créer la suspicion sur elle. Quand elle est morte, j'étais avec un collègue en bas de la falaise. Il n'a pas montré sa peine et ensuite a reporté la responsabilité de sa mort sur moi, en disant que je n'aurais pas dû arrêter la surveillance. C'est lui qui ne voulait plus de mes services, un vrai toxique ! J'avais arrêté ce sale boulot un peu avant le suicide de sa fille. Le bail de la cabane a couru jusqu'à ce qu'elle flambe, tu sais tout, dit Lucien l'air soulagé. J'ai toujours pensé que ton baveux avait quelque chose à cacher pour être aussi mauvais avec les autres, comme pour tous nous tenir à l'écart et se protéger à l'extrême !

— Tu as peut-être raison, on ne sait pas grand-chose sur lui, il se protège, c'est peut-être normal quand on est connu, dit Ferdinand sans trop y croire. Son frère, lui, est vraiment gentil et humain. Pour les choses à cacher, je voudrais que tu viennes avec moi chez des gens à la campagne qui ont élevé un petit qui travaille avec Gilbert.

—Et c'est quoi le rapport avec ton baveux et la cabane musée ? demanda Lucien intrigué.

— Je suis allé voir Jean-Martin Dupré, il a tout photographié dans la cabane qui a brûlé. Moi, chez le baveux, comme tu dis, j'ai repiqué une photo d'Irène qu'on a comparée avec le journaliste, avec la photo déchirée en deux d'un petit-enfant. Cette photo se trouvait dans un livre de Jean-Martin que quelqu'un avait laissé comme marque-page dans la cabane. Il ne vous en a pas parlé car il m'a dit qu'il n'en avait pas vu l'utilité sur le coup. Il veut aussi mener sa petite enquête, normal en tant que journaliste.

Ferdinand présenta la photo de l'enfant sur son téléphone.

— On s'est dit hier que le jeune Gaspard, qui travaille avec mon fils, n'a pas de parents connus, sauf cette famille d'adoption, où il est resté jusqu'à sa majorité. Quand je lui ai montré la photo du livre, Gaspard s'est reconnu grâce à un polo bleu ciel avec un petit dauphin à la poitrine. C'est la nounou qui lui avait acheté. Et puis on fait chanter le journaliste en écrivant sur sa vie, pour qu'il crache les billets, s'il ne veut pas de scandale. On l'accuse d'avoir eu un fils caché avec Irène et d'avoir abandonné la mère et l'enfant.

— C'est intéressant, dit Lucien en prenant des notes. Il faudrait aussi qu'on fasse des recherches sur la délégation d'autorité parentale concernant Gaspard. Bref, on va essayer de retrouver l'avis du juge des enfants de cette l'époque et aussi savoir, s'il y a eu une déclaration judiciaire d'abandon .

— Il faudrait aussi que tu viennes avec moi chez le baveux, pour fouiller un peu le manoir en douce. Le genre, tu occupes la servante et moi, j'en profite pour ouvrir les portes, les tiroirs secrets, quand on est sûr que le vieux est au tribunal, ajouta Ferdinand en agitant les mains pour mimer l'action.

— T'es devenu complètement fou ! lâcha Lucien effaré. Cela doit bien être parce que tu as faim, c'est l'heure, viens moussaillon, je t'invite, on va manger des moules-frites, j'en rêve ! N'empêche que t'es devenu fou, c'est pas possible de fouiller chez ton baveux, il faudrait un mandat, on ne l'aura jamais ! Il ne nous laissera pas chercher quoi que ce soit, même dans le placard à balais ! Et puis c'est vrai que j'ai prévu de me recycler après la retraite, car je ne vais quand même pas rester à repiquer les poireaux, mais là, ton baveux va m'envoyer à l'ombre avec juste l'odeur de la soupe, sans voir la terre, pendant longtemps ! En plus, il me déteste et il est capable de tout, rien ne l'arrête ! Je n'ai pas trop envie de le contrarier, tu n'imagines pas combien ça pue en taule, la soupe aux poireaux !

Les deux anciens marins s'installèrent dans un coin tranquille, au fond du restaurant. Un gros chien s'agitait sous la table devant eux en poussant des gémissements plaintifs. Ferdinand ressortit ses vieux petits papiers jaunes pleins de notes.

— Je voulais savoir si Irène était en bonne santé, à part les troubles liés à la bouteille, est ce qu'il t'a dit si elle avait été hospitalisée ou si elle avait un traitement médical lourd ? demanda Ferdinand le stylo en action.

—Je me souviens que dans les premiers jours où je la suivais, elle était allée à l'hôpital, aux urgences, en fin d'après-midi. Elle ne marchait pas très droit. J'ai voulu savoir pourquoi. Je me suis présenté à l'accueil, mais j'ai juste appris qu'elle était venue faire un rappel anti-tétanique, car elle avait été mordue par un chien. Ce soir-là, elle est allée au bar de l'hôtel du palais, le grand palace sur la plage. Je suis allé voir le veilleur de nuit qui m'a dit qu'elle était montée avec un grand type éméché. Je suis rentré, car on avait une réunion de bonne heure le lendemain, je n'allais pas attendre toute la nuit. Sinon, l'avocat ne m'a jamais rien dit sur un traitement de longue durée ou une maladie chronique. Il voulait juste savoir où elle allait.

— On progresse, dit Ferdinand en souriant. L'écrivain m'a dit qu'Irène lui avait raconté avoir été mordue par un gros berger allemand, il y a vingt-deux ans environ. Il a dit qu'il était au Palais ce soir-là, Irène l'avait rejoint. C'est tout ce dont il se rappelle. Il m'a dit qu'ils avaient beaucoup bu ensemble. Il ne reste plus qu'à trouver si elle a accouché quelque part d'un autre enfant que Gilbert. Quand tu seras dispo pour aller voir la famille d'adoption, on en saura plus. Ils ont dû être payés pour élever Gaspard et si cela se trouve, ils savent qui est la mère, faut y croire, ça doit bien figurer sur un papier !

— Bon raisonnement, dit Lucien en reposant la carte, je vais te faire embaucher dans mon prochain boulot ! Pour en revenir au feu de cabane, on cherche plutôt quelqu'un qui avait un bateau, puisque l'incendiaire a arrosé les planches avec du gazole vert. On n'a pas grand-chose et si cela se trouve, c'est juste un type qui a siphonné un réservoir ou a acheté un jerrican sur internet et l'a fait remplir à la station le long de la digue. Pour le carburant à bateau, effectivement, ça risque d'être difficile pour remonter à un quelconque acheteur... J'ai demandé aux gars de fouiller, mais cela serait plus facile si on n'était pas une ville portuaire. C'est sûr qu'il y a moins de bateaux à Montauban !

Ils reparlèrent avec joie du « *gugusse du Montauban* ». Les deux compères connaissaient toutes les répliques cultes des *tontons flingueurs* sur le bout des doigts. Lucien redevint plus sérieux.

— Pour mon prochain boulot, reprit le policier, je vais m'installer comme enquêteur privé, c'est une possibilité qu'on offre aux anciens flics, seule notre expérience compte. J'ai un copain qui vient d'accrocher son enseigne, je travaillerai avec lui, il y aura sûrement une place pour toi en cas de coups de feu. Ici, les gens aiment bien les enquêteurs privés, ils pensent tout de suite aux mots, efficacité et surtout, discrétion. On serait ensemble comme au bon vieux temps sur les paquebots. Tu te rappelles quand on achetait des lapins lors des escales pour les mettre dans le lit des copains et leur foutre la trouille avec le mauvais sort ?

Ce vieux souvenir amusa encore les deux hommes. Ferdinand montra une photo de son étagère, dans le van vert, où figurait un lapin en céramique dorée, dressé sur ses pattes arrières. Il avait de longues oreilles tombantes à l'arrière de la tête et des yeux malicieux. Les anciennes superstitions bannissaient le lapin de tous les paquebots, en l'accusant plus que le rat de ronger les cordes en chanvre qui maintenaient les cargaisons. Par gros temps, les conteneurs pouvaient finir par tomber et faire chavirer le bateau déstabilisé, en formant une voie d'eau fatale au navire. Ferdinand ne croyait pas aux hordes de lapins échappés des cages pour éviter la casserole, il connaissait plus les ravages que faisaient les rats. Et puis son lapin avait une valeur sentimentale, c'était un cadeau de Gilbert tout petit. Il lui avait offert comme les enfants offrent des trésors, soi-disant en or ou en argent. Son fils était aussi content de l'avoir acheté avec son argent de poche que de l'offrir à son père. Il lui avait trouvé dans une brocante, quand il avait sept ans, sans en connaître la mauvaise réputation chez les marins. Gilbert en avait vingt-sept et son lapin n'avait pas un éclat, malgré tous ses voyages, toutes les mers démontées. Ferdinand l'avait toujours gardé pour rire du mauvais sort et l'avait appelé « *pollop* », du nom que lui donnent certains matelots, au lieu d'employer le mot lapin. Quand Ferdinand naviguait, des marins portaient sur l'objet un regard mauvais, espérant secrètement, qu'une tempête plus forte que les autres, ferait valdinguer le lapin par-dessus bord. Ferdinand ne croyait pas aux mauvais présages, il pensait que c'était un truc de vieilles sirènes, de celles qui attirent les hommes vers les profondeurs. Il avait prévenu les copains qu'il tenait beaucoup à ce cadeau enfantin. Ce souvenir faisait pour lui comme une éclaircie.

CHAPITRE 14

Gilbert à la Villa l'Aurore.

Gilbert se gara en trombe devant le portail bleu de la « *Villa l'Aurore* ». Son père l'avait énervé de bon matin. Il pensa, comme une intuition, que ça allait être une journée pourrie, malgré le temps clair et doux. Ce jour-là, il venait déjeuner chez son grand-père pour parler affaires. Gilbert espérait ressortir avec un gros chèque et faire une offre d'achat sur le local commercial, déniché pour sa future galerie. Il avait également demandé à son copain Josef, de lui ramener un beau chèque pour ses services rendus, au contre-sommet du G7. Il trouvait normal d'être indemnisé pour sa participation. Il s'en foutait des causes, écologistes, altermondialistes et de toute l'agitation politique autour de l'évènement. Il salua Berne, le gros bouvier bernois fidèle au poste, sur son muret avec vue sur la route. Le chien remua un peu la queue sans bouger ses pattes ni son gros derrière, de l'étroit rebord en béton du mur d'enceinte. Puis Gilbert frappa à coups-de-poing sur la grosse porte d'entrée qui s'ouvrit presque immédiatement, en laissant apparaître Martine. Il ne put retenir un commentaire caustique, en agitant le doigt comme un avertissement de maître d'école.

—Faut quand même que t'arrête de te précipiter comme ça quand on frappe, les sourds n'entendent rien, tu vas finir par te faire repérer par les autres fouineurs !

Martine s'écarta l'air mécontent. Elle grommela entre ses dents quelques saletés que Gilbert n'entendit pas. Il s'était déjà précipité dans la salle à manger, car il avait faim. Il s'installa sans attendre son grand-père et étala par-dessus son assiette le dossier de l'agence immobilière. Maître Bertrand-Henri Dupré s'approcha de sa démarche de félin élégant. Il avait aussi la mine contrariée et redoutait l'issue de ce déjeuner avec son petit-fils agité. Comme il avait entendu la réflexion que Gilbert avait faite à Martine dès son entrée. Il décida d'éclaircir tout de suite le problème posé.

—Je vois que la faim n'attend pas ! Martine a préparé du poulet avec la piperade. Pourquoi lui avoir dit que les sourds n'entendent rien, tu sais qu'on lui a posé un implant électronique, c'est une allusion perfide pour me faire réagir et me dire autre chose ? N'hésite pas à t'expliquer clairement au lieu de t'en prendre aux autres, je ne crains pas les conflits !

Le vieil avocat s'était assis dans son fauteuil Voltaire. Il avait sonné sous la table pour se faire apporter un verre de vin rouge et calmer sa colère en ébullition. Gilbert se servit à boire en ricanant la bouche pleine de pain.

— Ben, je disais juste que pour être crédible devant les autres qui vont sûrement débarquer pour fouiller comme des cochons sur tes terres, qu'il faudrait mieux qu'elle rapplique moins vite quand on la sonne. C'est pas comme si vous n'aviez rien à cacher, j'en connais qui en ferait des choux gras, ça, et les vieilles histoires de famille, hein ?

Maître Dupré bondit dans son fauteuil en faisant chavirer son vin rouge.

— J'en ai assez de tes offenses sournoises ! La seule bête que je connaisse dont la conduite s'apparente à une bestiole puante, c'est toi ! Pardon si je n'en vois pas d'autres. En outre, je n'ai rien à cacher, tu gardes tes commentaires et tu t'occupes de ta vie, tu as déjà beaucoup à faire ! Tu n'as de respect pour rien ni personne et j'aimerais que tu cesses de m'importuner, m'emprunter de l'argent, profiter de mes largesses, cela me ferait des vacances ! En outre, ton père est revenu, c'est l'occasion de rattraper le temps perdu. Je suis sûr qu'il a envie de racheter ses absences et qu'il a quelques économies de côté à investir dans tes projets pharaoniques ou pour les causes perdues de tes copains agités !

Il y eut un silence lourd, épais comme un brouillard de mer. Gilbert était rouge de colère, mais résuma vite la situation : il n'aurait pas du s'en prendre à Martine, ni faire allusion de façon abrupte, à sa relation avec son grand-père. Après tout, ce n'était pas son problème. Il se dit qu'il lui fallait ce fric et qu'il voulait accompagner son grand-père au cocktail d'inauguration du G7. Josef comptait sur lui pour foutre un peu d'ambiance dans le Palace.

— Ben je vois que j'ai piqué là où ça fait mal. Mon père, puisque tu penses à lui, fouille depuis l'agression de ton frère et l'incendie de sa cabane. Il s'est mis en tête de trouver un fils caché à maman. Il faut aussi un père au petit, ton frère peut-être ? Quant au gosse, pourquoi pas le petit Gaspard que j'embauche à l'atelier, puisqu'il n'a pas de vrais parents, t'en dis quoi, même si tu n'as jamais trop été pour les familles réunies ?

L'avocat tentait de se maîtriser et s'était levé pour marmonner dans les rideaux et ne pas répondre à son petit-fils qui ne souhaitait que l'affrontement. Gilbert était radieux, très content de ses joutes verbales. C'était pour lui, la revanche tardive de toute une vie, qui sonnait le règlement de comptes, longtemps caché sous le tapis. Il continua à dévorer le pain.

— Après, si maman a vraiment eu un enfant caché, il faudra qu'ils trouvent où elle a accouché et de qui il est ce petit. Encore un géniteur que tu as éloigné au bout du monde, si cela te dit quelque chose ? Si tu veux tout savoir, mon père a demandé de l'aide à ce flic que tu avais embauché pour surveiller ma mère. Je vois d'ici l'odeur

139

de la vase, mais moi ce que je dis, t'en fais ce que tu veux, dit-il en se frottant les mains.

Le vieil avocat tentait de se contenir en se perdant dans la contemplation de la propriété avec la mer au loin, derrière la porte vitrée. Il se dit qu'il en était venu à détester son petit-fils et qu'il fallait faire cesser cette discussion orageuse, formulée comme une menace planant au-dessus du parc, dans un nuage noir. Il s'interrogea aussi pour savoir ce que Gilbert savait vraiment, mais décida de ne rien demander de plus, pour ne plus l'entendre et s'en débarrasser au plus vite. Il ne voulait pas s'avouer que Gilbert lui faisait un peu peur, pas pour lui, car sa vie était derrière lui. Il pensa juste à Martine qu'il avait toujours protégé. Il se retourna vivement, blême, pour aller vers son bureau et ouvrir son chéquier. Il rédigea un chèque de cinq mille euros à l'ordre de son petit-fils et revint lui jeter sur la table.

Gilbert examina le montant l'air mécontent et lâcha un sifflement grossier. Son grand-père s'éloigna sans relever l'impolitesse.

— Tu n'auras pas un sou de plus ! Il faudra bien t'en contenter ! Et surtout, ne reviens pas à la charge ! La prochaine fois que j'entends le début du commencement d'une menace pour avoir de l'argent, je porte plainte et je te fais enfermer car tu deviens dangereux, pour les autres comme pour toi-même, ça finira mal ! Je te revois juste pour le cocktail, en espérant que tu ne me fasses pas honte, sinon je n'hésiterai même pas à demander qu'on t'embarque ! Je n'ai qu'une parole et je m'y tiens toujours !

L'avocat sortit de la salle à manger pour regagner à nouveau son bureau dont il referma brutalement la porte derrière lui.

Martine le guettait en se tordant les doigts, ne sachant plus quoi faire. Il ordonna d'une voix forte d'être servi dans la bibliothèque et alla s'asseoir très contrarié. Gilbert regarda le maigre butin qu'il avait obtenu et replia son dossier pour sortir en claquant la porte. Il fulminait de rage et hurlait d'horribles insultes contre son radin de grand-père tout en traversant le parc. Berne, le chien de la villa, qui avait agrandi la famille après son départ, le regarda, intrigué. Le jeune marchait vers lui en criant comme un dément, le poing tendu vers le ciel. Dans sa tête de chien de garde du grand parc, il pensa que le jeune excité le menaçait et il sauta de son mur pour s'élancer sur le visiteur. Gilbert, perdu dans la rage qui l'étouffait ne vit pas arriver l'énorme masse de poils. Le gros chien lui prit les jambes par-derrière pour le faire tomber de tout son long sur les graviers. Il cria encore plus fort et se saisit d'une grosse pierre qu'il envoya sur le bouvier noir. Il entendit la bête blessée au museau, émettre une plainte touchante. Gilbert se releva très vite et ramassa une autre pierre, qu'il agita en hurlant très fort pour éloigner l'animal. Berne pencha sa belle tête en se demandant ce qu'il devait faire. Puis, il décida de remonter sur son mur. Derrière son rideau, Maître Dupré se réjouissait du spectacle, accompagné de sa fidèle servante. Il pensa qu'il avait bien fait de recueillir le jeune chien, après le décès de son meilleur ami. La bête était intelligente et normalement, elle se rappellerait avoir été frappée par ce diable de Gilbert, s'il se présentait à nouveau. Il était certain qu'elle attaquerait à nouveau. Il eut d'horribles pensées en rêvant tout bas de dressage canin, comme le faisaient certains de ses clients pour protéger leurs maigres possessions. Certes, Berne était un bon chien, mais juste une masse impressionnante, avec un poids dissuasif. L'avocat pensa qu'il n'avait encore jamais vu de chiens d'attaque de cette race paisible. Il avoua à

Martine ses sombres pensées pour les protéger. Elle le regarda tranquillement et lui prit la main pour l'apaiser. Visiblement, pour elle, le problème n'en était pas un.

CHAPITRE 15

Dommages collatéraux.

Les deux anciens marins avaient bien ri à l'évocation de leurs bons souvenirs sur le chemin du commissariat, à la recherche d'un véhicule de service. Lucien avait décidé qu'il pouvait s'absenter avant la fin de l'après-midi pour aller à la campagne près d'*Ainhoa*, un village d'environ six cents âmes, à l'unique rue, près de la frontière Espagnole. La nounou du jeune Gaspard, Suzanne Serra, tenait table ouverte chez elle, dans une maison près de la forêt, à la façade blanche et aux volets rouges. Elle faisait de la restauration sans enseigne et la maison était connue des habitués, pour son unique plat du jour. Quand ils arrivèrent sur les lieux, des policiers avaient formé un cordon de sécurité et les pompiers arrosaient avec leurs lances à eau le rez-de-chaussée en feu de la maison. Lucien poussa un juron et se fraya un passage en brandissant sa carte, suivit comme son ombre par Ferdinand. Il était impossible d'approcher de la maison en flammes. Par l'ouverture béante du rez-de-chaussée, on ne voyait que du noir. Un Capitaine de gendarmerie débordé vint à leur rencontre.

—C'est le voisin qui nous a appelé, il a senti l'odeur caractéristique du soufre qu'on met dans le gaz, qui lui n'a pas d'odeur. C'est une dame seule qui habite là, on ne sait pas où elle est. Elle a sûrement mal refermé le gaz quand elle est sortie, c'est l'odeur d'oeufs pourris qui est parvenu à la maison mitoyenne. La voisine avait ouvert la fenêtre pour faire partir l'odeur de friture.

— J'espère qu'on va la retrouver cette nounou. C'est quand même pas tous les jours qu'arrivent des explosions au gaz ménager, non ? Ce n'est pas plutôt un chauffage d'appoint défectueux, genre bain d'huile ? demanda Lucien la mine sombre.

—Je dirais peut-être les deux, capitaine Andriani, il y avait déjà le feu en bas, à la cuisine. Effectivement, on a trouvé un gros bain d'huile dans sa chambre, ça devrait être interdit ces vieux trucs-là, les gens n'ont pas à l'esprit que ce n'est qu'un radiateur d'appoint et parfois oublient de l'éteindre. Il a explosé projetant de l'huile dans

145

toute la pièce jusqu'au plafond.

Le gendarme gradé fût interpellé par ses hommes et s'écarta quelques instants.

— Heureusement qu'elle n'était pas dans son lit ! lança le capitaine en levant les yeux au ciel. Elle aurait sûrement eu des brûlures graves à cause des projections, en plus de l'asphyxie. Son mari est mort il y a deux ans. Elle prenait peut-être des somnifères, ça aurait pu être dramatique !

Lucien remercia le gendarme et s'adressa à Ferdinand.

— On sera sûrement fixé quand on aura déterminé l'origine et le point de départ du feu avec le travail des techniciens. Les indices matériels sont sous l'amas de décombres. Et puis l'expertise pour trouver l'origine du feu n'est pas un acte solitaire, là, il nous faudra aussi des gens de métiers comme des chauffagistes ou des électriciens. Si le feu a bien pris dans la cuisine qui est la pièce la plus atteinte, on va analyser le déplacement des flammes ou la source

146

d'allumage, mais aussi voir s'il y a eu un dysfonctionnement du bain d'huile de la chambre. Il va falloir lancer un avis de recherche pour la dame et voir si elle sortait souvent le soir. Quelqu'un pouvait guetter ses déplacements. On verra aussi si l'incendie est intentionnel. Peut-être que quelqu'un a mis le feu, après avoir guetté sa sortie, juste pour détruire des papiers compromettants. J'ai déjà vu ça dans les divorces qui se passaient mal. C'est bizarre d'allumer le chauffage, dit Lucien comme pour lui-même, il fait encore bon dans les maisons, on est même pas en septembre.

—Tu t'y connais dis donc. Tu crois qu'on a voulu effacer des choses ou lui faire peur à la pauvre dame ? demanda Ferdinand admiratif.

—Ben, j'ai été pompier volontaire, formé par de vrais professionnels. Je trouvais que cela se tenait bien ton idée d'une famille payée pour élever un gosse. Une mère adoptive doit avoir des photos, le nom de ceux qui payaient la pension ou l'adresse des vrais parents, sauf si c'est une société qui payait. Mais ça voudrait dire que quelqu'un savait qu'on viendrait la voir pour fouiller dans les photos et les relevés bancaires. Mais si ça se trouve, la dame était juste frileuse et son vieux chauffage était défaillant. On a aussi pu l'emmener de force. Tu demanderas ce soir à ton Gaspard s'il a dit à quelqu'un que tu voulais aller voir la dame pour comparer tes photos. Dans l'affirmatif, cela prenait bien sûr une autre tournure.

*

Sur le chemin du retour, en repensant à l'incendie, le deuxième en quelques jours, Ferdinand hésita à raconter à Lucien que Gilbert avait été vu par Gaspard, près de la cabane brûlée, avec un jerrican d'essence. De toute façon, ce n'était pas une certitude. Il décida qu'il ferait son enquête lui-même et en parlerait plus tard à son ami. En vérité, il ne pouvait pas s'ôter de la tête que, si Gaspard avait dit à Gilbert qu'il l'avait vu, il était peut-être en danger. Peut-être même, que c'était Gilbert qui avait voulu réduire au silence la nounou de Gaspard, toujours pour éviter qu'on trace la photo déchirée et qu'on en trouve d'autres, ou des papiers pour remonter jusqu'aux parents de Gaspard. Il décida que désormais, il surveillerait Gilbert de près. Surtout, il pensa qu'il devait protéger Gaspard, en espérant que ce ne soit pas trop tard. Il décida de revenir sur leurs histoires du bon vieux temps, pour éviter d'attirer les soupçons de Lucien en cogitant trop tout seul. Il demanda à Lucien de l'emmener directement au bateau de Gaspard, à Hendaye. Il avait envie de boire une bière avec le jeune moussaillon. Son bateau, le « *Continent* » était un bateau facile à trouver, c'était un « *maree kotter* » de 13 mètres, avec une coque un peu rouillée, comme souvent sur les vedettes hollandaises, dont l'acier n'aime pas trop l'eau salée. Il avait aussi un mât avec une voile défraîchie. Cela avait dû être un beau bateau stable, grâce à sa longue quille et ses ailerons. Son pont était spacieux et accessible, Ferdinand pensa que la visibilité devait être excellente. Par le couloir à tribord, il colla sa figure au hublot et découvrit une cabine double avec une belle menuiserie en acajou. Il y avait aussi une cuisine encombrée et un cabinet de toilette dont la porte était entrouverte, à la poupe, à l'arrière du bateau. Jadis, un compas suspendu avait donné la météo, il se balançait gauchement devant un vieil ordinateur. Le tout avait l'air d'avoir pas mal vécu, mais faisait rêver le vieux marin, même si en apercevant de grandes traces d'humidité, il se disait aussi que le chauffage devait avoir rendu l'âme. En se collant le nez à tous les hublots, il ne vit aucune trace de Gaspard, sauf le bazar que laisse un jeune de cet âge. La pluie fine et le vent qui annonçaient l'orage

149

finirent par le rendre impatient et il tourna la poignée de la porte ouverte pour se mettre à l'abri. Il fit un rapide inventaire des lieux en soulevant quelques revues nautiques, quelques vêtements humides. Sur l'évier encombré de vaisselle sale, il ramassa un verre, mais il n'y avait pas d'eau au robinet. Il l'essuya avec une serviette en papier qui avait dû en voir d'autres. Ferdinand décida d'attendre le moussaillon en se versant un reste de whisky, dont la bouteille avait roulé au sol. Pour s'occuper, il fit dans sa tête la liste de tout ce qu'il y avait à faire sur le bateau. Il était content en pensant à tous les aménagements qu'il soumettrait à Gaspard. Ferdinand essaya de chiffrer les travaux en repensant aux belles cabines des bateaux, qu'il avait connu dans sa carrière. C'était sûr qu'il faudrait beaucoup mettre les mains dans le cambouis pour alléger le budget. Il pensa à ses économies de toute une vie en se disant qu'il faudrait d'abord aider son fils. Sa retraite de marin n'était pas extensible. Il faisait presque chaud quand il termina la bouteille. L'alcool qui l'avait réchauffé fit aussi monter en lui de sombres pensées. Il avait peur de s'avouer qu'il pouvait être arrivé quelque chose de fâcheux au petit mousse. Cette idée tournait en boucle dans sa tête, c'était comme un pressentiment. Il ne faisait que se demander où se trouvait le jeune Gaspard. Tard, dans la nuit, il s'endormit d'un mauvais sommeil sur la couchette encombrée, bercé par le clapotis de l'eau noire et sale.

CHAPITRE 16

La honte de Gaspard.

Au quartier du port Vieux, dans un pub branché, Gilbert et Gaspard éclusaient quelques bonnes bières, juchés sur de hauts tabourets de style industriel. La soirée avait bien commencé, même si Suzanne, la nounou de Gaspard, avait annoncé que sa maison avait brûlé. Elle n'était pas sur place, c'était ça le plus important, elle n'avait pas de mal. Gaspard avait raconté l'évènement à Gilbert, qui avait haussé les épaules, comme si ce n'était pas grave. Il avait dit, que de toute façon, c'était mieux pour les vieux de vivre en ville. Il avait proposé à Gaspard de boire un coup et de faire une partie de billard. Dans la soirée, Josef, le nouveau copain de Gilbert, les avait rejoint. C'était un journaliste allemand costaud, cheveux et yeux noirs, moustachu et jovial, un peu ressemblant à Gilbert. Les deux nouveaux amis avaient commencé à parler politique et G7 en allemand. Josef s'était fait embaucher à l'Hôtel du Palais et disait que l'Ambassadeur des

Etats-Unis en Allemagne descendrait bientôt dans le palace, avec la délégation américaine. En le présentant, Gilbert sur un ton admiratif, avait dit qu'il avait déjà été expulsé pour activisme d'ultra-gauche. Il avait ajouté qu'il était très fort car il avait réussi à revenir en France et se faire embaucher dans le Palace. Il ajouta que c'était une pièce maîtresse, pour les altermondialistes qui préparaient le contre G7 près de la frontière et qu'ils se rejouissaient d'avoir un homme comme Josef dans la place. Très vite, Gaspard comprit que Gilbert évoquait un sale plan avec son copain, même si tous les deux s'exprimaient dans une langue que Gaspard ne maîtrisait pas vraiment. Mais Gilbert répondait avec des mots simples, articulés très lentement, faut de pratiquer souvent la langue. Gilbert tortillait la grosse moustache noire qu'il s'était fait pousser depuis peu à la place de sa barbe. On aurait dit qu'il voulait ressembler à Josef physiquement. Il avait beaucoup bu et était complètement excité en regardant Gaspard chercher à positionner la bille d'impact blanche. Sa moustache frétillait de plaisir en rigolant avec Josef. La bouche pulpeuse de Gilbert dégoulinait de la mousse des nombreuses pintes de bière qu'il avait déjà descendu dans la soirée.

—Tu as perdu mon frère ! C'est pas la peine de te donner autant de mal ni d'y passer autant de temps ! C'est pas bon pour toi et ça ne va pas s'arranger, car en plus, je suis obligé de te virer de l'atelier ! déclara Gilbert avant d'éclater de rire, imité par son copain.

Gaspard ne maîtrisa pas la trajectoire de la bille, perturbé par les propos de Gilbert et les rires moqueurs. Il s'emporta et remit Gilbert à sa place.

— Ben je jouerais mieux si tu restais tranquille au lieu de brailler avec ton copain et de me tourner autour comme si j'étais un pot de miel ! C'est quoi ces idioties, pourquoi tu me vires ? Je ne sais pas ce que tu as fumé, mais faudrait quand même te calmer, ça devient pénible ton agitation, en plus t'as trouvé du public, je ne suis pas sûr que ce soit ce qu'il te faut !

— Allez, dit Gilbert en rigolant, t'es contrarié, fais pas ta mauvaise tête de jaloux ! J'ai rien fumé, j'ai mangé un excellent gâteau au chocolat et au beurre d'herbes, une merveille !

Gaspard se souvint que Gilbert lui avait dit avoir trouvé un excellent pâtissier qui exerçait ses talents dans son souplex, avec des ingrédients plus ou moins autorisés. Il disait que cela calmait ses douleurs et l'apaisait.

— C'est vrai que je suis content, reprit Gilbert exubérant, car je vais enfin me barrer à Paris après avoir terminé un petit travail avec Josef. Je vais ouvrir ma galerie ! Tu te rends compte, je vais quitter cette ville de paumés et vivre à Paris, désolé de te laisser derrière moi, je n'ai pas le choix !

—Et tu as prévu quoi pour moi ? Je suis un peu concerné, non ? demanda Gaspard agacé.

—Ben, pas beaucoup quand même, je t'embauche pour te faire plaisir, sans avoir vraiment de quoi te payer, heureusement que j'ai le baveux pour m'aider financièrement, sinon tu ne mangerais pas souvent ! J'ai décidé que cela ne pouvait plus durer, car j'ai d'autres opportunités, c'est une question de jours. J'en ai marre de toujours demander du fric à mon grand-père et puis il est temps que tu trouves

155

un vrai boulot, rapidement. Pourquoi tu ne ferais pas serveur ici ? C'est sympa et puis tu connais bien, on va aller demander !

Gaspard mécontent tenta de le retenir en vain par le bras. Il reposa finalement sa queue de billard et retourna s'asseoir devant sa bière, tandis que Gilbert, suivit de son copain, interpellait la patronne en le montrant du doigt.

Il vit la belle femme aux tenues seyantes qui secouait la tête. Gaspard savait que c'était plié d'avance car il n'y avait pas d'employé dans le bar, juste les patrons. Gilbert insistait lourdement en prenant le bras de la femme. Gaspard la vit se dégager gentiment, en cherchant des yeux son mari qui bientôt s'approcha. Sans se démonter, Gilbert recommença à demander de l'embauche pour son ami. Le patron secoua la tête et Gaspard se leva pour intervenir en tirant par la manche un Gilbert complètement excité, encouragé par Josef, qui une bière à la main applaudissait.

—Allez viens, j'ai pas envie de travailler ailleurs qu'à l'atelier, je suis bien chez toi, il y a une ambiance. On va s'en aller, t'es bourré et fatigué et tu nous fous la honte, on va finir chez les flics si tu continues !

Gilbert se mit à rire très fort en interpellant l'assistance juchée sur les hauts tabourets du comptoir. Beaucoup de gens le regardaient se donner en spectacle au milieu de la pièce. Gilbert faisait l'attraction de la soirée en s'adressant fort aux clients, encouragé par Josef.

— Personne ne veut embaucher ce bon jeune contre une poignée de sous, hein ? C'est une bonne affaire, il ne demande pas cher, s'habille d'un rien et vous servira même de nounou si vous rentrez bourré ! Allez, mise à prix deux cents euros ! Deux cents euros, une fois, deux fois avant que j'adjuge, qui en veut ? dit-il en abaissant lentement la queue de billard qu'il tenait en l'air. Je vous le laisse pour pas cher, c'est une bonne affaire, un orphelin qui se contente de peu, mais je ne peux pas le garder car je vais partir. Il lui faut une famille sinon, il va continuer à me coller aux basques ! Non, vraiment ? Personne n'en veut ? Vous n'êtes pas très généreux, je ne peux plus me saigner aux quatre veines toute ma vie pour lui et continuer à le supporter ! Il me colle, c'est pire que le sparadrap du «

Capitaine Haddock ! »

Gilbert éclata de rire à sa bonne blague en mimant le scotch collé à son nez puis, au bout des doigts et à sa tête. Ensuite, il poursuivit son spectacle en soulevant un bras, pour regarder lentement sous ses aisselles, arrachant finalement le sparadrap imaginaire qui s'envolait. Gilbert fit semblant de le suivre des yeux avant d'aller le coller sur Gaspard. Certains buveurs riaient de ses grimaces et l'encourageaient en applaudissant. Josef souriait de toutes ses dents en frappant dans ses mains, imité par des clients. Les patrons s'étaient éloignés, rassurés par l'ambiance bonne enfant, mais gardaient Gilbert en ligne de mire.

Soudain Gaspard repoussa violemment Gilbert qui lui claquait la joue avec son sparadrap fantôme. Gilbert tomba sur une table en la faisant basculer avec les verres. Une femme cria, car sa robe claire était tachée et son sac renversé. Un de ses amis, très grand et costaud se leva excédé, car son téléphone avait été rincé par la bière. Il attrapa Gilbert par le col de sa veste en cuir et le traîna comme un pantin sur la place, pour lui coller son poing sur la figure. Gaspard eut le temps de voir Josef qui s'éloignait d'un pas vif vers la sortie. Il se précipita dehors pour voir l'allemand s'éloigner en courant. Gaspard tenta de séparer Gilbert de ses agresseurs et fut violemment repoussé par deux autres copains du bagarreur. Il perdit l'équilibre et tomba entre les chaises de la terrasse en se cognant la tête sur une table. Gilbert prit encore quelques coups, puis resta allongé sur le trottoir, tandis que ses agresseurs repartaient à l'intérieur, en se félicitant de la bonne raclée. La femme à la robe tachée assistait au spectacle et rentra avec eux pour ressortir aussitôt avec un seau d'eau. Elle demanda à ses copains de l'attendre un peu et déversa le seau à champagne plein de flotte sur Gilbert qui se redressa subitement. Gaspard l'entendit appeler à l'aide en blaguant encore, car il se noyait dans un verre d'eau. La patronne appela la police en mettant son haut-parleur. Gaspard vit Gilbert tenter de se remettre sur ses pieds, en glissant dans la flotte inondant le bois de la terrasse. Il décampa finalement en titubant et Gaspard s'éloigna d'un pas décidé, dans la direction opposée où Josef avait disparu depuis longtemps. Gaspard pensa que c'était étrange cette fuite précipitée quand on a un copain en difficulté. Il se dit que l'activiste allemand était encore une bien mauvaise fréquentation pour Gilbert et que ça ne lui apporterait

159

sûrement que des problèmes. Mais il était terriblement fatigué et déprimé. Il pensa que Gilbert pouvait allait se faire foutre !

CHAPITRE 17

Gaspard chez l'avocat.

Le lendemain, dans la matinée, Gaspard décida de se rendre chez le grand-père de Gilbert pour lui demander conseil. Il en avait assez d'être moqué, ridiculisé et en plus, viré sans ménagement alors qu'il avait un contrat de travail à la boutique. Il ne savait plus quoi faire. Il avait cependant une certitude, sa colère de la veille ne retombait pas et il n'avait plus envie de retourner à l'atelier, sauf pour prendre son chat et quelques affaires. Il retrouva facilement la grande villa au double portail bleu. Il y avait le gros chien Berne, assis sur le mur d'enceinte pour regarder passer les gens. Gaspard s'arrêta pour lui parler et lui dire qu'il était beau, ce qui était vrai. Il continua à le flatter, surtout pour éviter de se faire mordre par l'énorme bête. Le chien descendit de son perchoir pour se faire caresser. Gaspard était content de sa rencontre et plongeait délicieusement les mains dans la fourrure du gros nounours qui tendait sa patte pour redemander des caresses. Il n'entendit pas arriver l'avocat qui faisait son tour du parc pour profiter du doux soleil de fin d'été.

— Mon jeune ami, dit-il de son ton hautain, ce que vous parvenez à faire avec Berne est extraordinaire, il n'aime pas trop les inconnus et ne descend de son perchoir que pour les faire tomber comme des quilles en leur attrapant les jambes, c'est son idée fixe, je ne peux pas l'empêcher d'agir ainsi ! Racontez-moi ce qui vous amène ?

Gaspard se présenta et parla tout de suite de Gilbert. Immédiatement, il vit les yeux de l'avocat se plisser pour ne laisser que deux fentes formant comme des coquillages devenus hermétiques. Il s'excusa de n'avoir pas pris rendez-vous, car c'était urgent et dit qu'il pouvait revenir plus tard afin de ne pas déranger. Bertrand-Henri Dupré le regarda caresser son chien sans rien dire. Le jeune avait l'air bien élevé, doux et intelligent. Il décida de le recevoir et le pria de le suivre dans son bureau en citronnier. Il sonna sous la table et demanda qu'on serve de son excellent café. Quand Martine referma la porte en les laissant seuls, le Maître commença à interroger de façon professionnelle son jeune visiteur.

— Alors, mon cher, Gilbert vous fait des misères ? Je vous rassure tout de suite, il en fait à tout le monde, même à moi, il est devenu difficile et ingérable, je vous écoute.

Gaspard se tortilla un peu dans son profond siège en cuir en faisant attention de ne pas renverser son café sur le tapis de chine, qui semblait hors de prix comme le reste dans le bureau du Maître. Il y avait surtout une très belle sculpture de « *la Victoire de Samothrace* » avec sa base en proue de navire, sur laquelle il plongea son regard, pour se donner une contenance.

—Je ne sais pas par ou commencer, Maître, peut-être par ce qu'il m'a fait hier soir, ce qui m'a motivé pour venir vous demander conseil. Il m'a viré de l'atelier où je travaille pour une poignée de sous, en me disant que vous ne lui donniez pas assez d'argent pour qu'il continue à me payer. Après, comme on était dans un pub et qu'il avait plein de gens, dont son nouveau copain allemand qui l'encourageait, il m'a vendu aux enchères publiques, ça a dégénéré et il s'est fait tabasser. Ce n'est pas la première fois qu'il est méchant et sûrement pas la dernière, mais s'il me vire, je n'ai plus rien pour vivre alors que j'ai un contrat de travail.

Gaspard présenta le document déplié au Maître qui l'examina rapidement.

Le vieil avocat gribouilla quelques mots pour faire croire à son visiteur que c'était l'affaire du siècle. Il prit ensuite le temps de faire ressortir sous les minces récriminations du jeune plaignant, le comportement ignoble de son petit-fils. Il tendit au jeune son précieux document, dont il avait relevé les principaux éléments.

— C'est effectivement un contrat de travail en règle. Cependant, si nous allons plaider aux prud'hommes, outre ma position délicate, car Gilbert est mon petit-fils et je ne suis pas sûr de vouloir de cette publicité-là, je ne suis pas certain non plus que vous aboutissiez à grand- chose de rapide. De plus, vous êtes intelligent et vous n'êtes pas sans savoir que Gilbert est un panier percé vivant à mes crochets, je ne peux pas être à la fois juge et partie. Parlez-moi de son nouveau camarade, vous voulez-bien mon cher ami ?

Gaspard se dit qu'il avait compris le message et s'éclaircit la voix pour répondre posément.

Il donna au Maître les quelques éléments d'information dont il disposait sur Josef Krung. L'avocat les nota consciencieusement et Gaspard attendit qu'il ait terminé pour reprendre.

— Je comprends votre position Maître, mais je fais quoi, moi ? En vérité, pour dormir, j'ai mon bateau, que j'ai acheté avec l'argent de ma mère quand elle est décédée et aussi le van de Gilbert. Pour manger, ma nounou vit à la campagne et m'aide en me donnant des légumes et des produits frais. Je voudrais quand même faire cesser le harcèlement moral, car je crois que je suis devenu le bouc-émissaire préféré de Gilbert, surtout depuis que l'allemand est là. Je voudrais savoir s'il y a une loi qui me protège s'il m'arrive quelque chose et s'il va encore plus loin. Si ce n'était pas votre petit-fils et qu'un type subisse ce genre de choses, vous lui donneriez quoi comme conseils pour que cela cesse, pour qu'il se défende ? conclut-il, l'air étonné de tout ce qu'il était parvenu à articuler devant l'imposant vieillard.

Il y eut comme un banc de brouillard dans le bureau. C'était comme si la scène avait été mise sur le bouton pause. Il n'y avait pas de guêpes pour bourdonner et occuper l'espace, plus de gros chien à caresser. Rien que deux interlocuteurs gênés et muets qui évitaient de se regarder. L'avocat voulait faire cesser l'entrevue au mieux et le jeune cherchait à affûter mentalement encore plus ses arguments. Le Maître sortit son chéquier du tiroir central pour clore l'entretien et tendit le chèque à Gaspard.

— Je compte sur votre discrétion, il est inutile de le dire à Gilbert, cela ne ferait qu'aggraver encore vos relations et les miennes du même coup. Si j'ai un seul conseil à vous donner, c'est de l'éviter au maximum et de vous trouver un autre travail très vite. Tenez-moi au courant et revenez me voir ainsi que mon chien, nous serons heureux de vous voir à l'occasion.

Le Maître repoussa sa chaise et sonna sous la table pour faire reconduire Gaspard, complètement déboussolé. L'avocat lui donna une franche poignée de main et le regarda s'éloigner vers la grille. Comme à son arrivée, Berne sauta pour saluer le jeune en jappant joyeusement. Bertrand, qui les regardait derrière son carreau, pensa que les animaux ne se trompent pas sur les gens. Il décida ce jour-là de léguer son chien au jeune moussaillon et rajouta cette mention sur son testament, dont il avait entrepris la rédaction depuis peu. Ensuite, il téléphona à son ami le Procureur Mauléna pour lui donner ses informations sur Josef Krung et demander s'il était fiché.

Son petit-fils, à son sens, cumulait les mauvaises fréquentations. Il pensait que Gilbert était aussi alcoolique que naïf et attirait souvent les mouches, à cause du nom illustre de sa famille. Le fait que Gaspard lui rapporte que l'allemand était journaliste mais travaillait comme peintre en bâtiment à la réfection de l'Hôtel du Palais l'avait intrigué. Bertrand-Henri Dupré faisait partie de la bonne société triée sur le volet et invitée au cocktail inaugural donné en l'honneur des chefs d'Etat dans le Palace Biarrot. Il savait que bon nombre d'ouvriers qualifiés de toutes nationalités avaient été embauchés pendant des mois, pour les diverses installations et rénovations. Il était de son devoir d'informer la sécurité s'il apprenait quelque chose de surprenant, ce qui à son avis était le cas, avec ce journaliste Allemand. Le grand avocat savait aussi par le chef de la sécurité, que tout serait impeccablement inspecté, dès que le chantier serait terminé. Cependant, il n'était du genre à négliger la moindre information. Maître Dupré honorait toujours sa grande réputation de droiture, avec un code d'honneur ultra développé et un peu militaire. Il était satisfait de sa démarche judiciaire. Alors il se remit l'esprit tranquille à la rédaction de ses mémoires. Martine lui apporta au courrier la très attendue invitation officielle pour le cocktail d'inauguration du G7. En ouvrant l'enveloppe, il repensa à sa chère épouse Pauline, décédée brutalement et se dit que l'évènement l'aurait sûrement enthousiasmée. Elle aimait les mondanités, les gens brillants, les têtes couronnées. Elle aurait couru les meilleurs magasins de la ville pour acheter les tenues les plus chères, afin de rivaliser avec les premières dames.

Déjà, l'idée d'aller à cette soirée le fatiguait, surtout accompagné de Gilbert dont il redoutait les frasques. Le vieil avocat essayait d'imaginer ce qu'il pourrait encore bien inventer pour se distinguer. En plus, il se dit qu'il retrouverait sûrement son frère, avec qui il redoutait les retrouvailles. Bref, c'était le genre de soirée dont il se faisait déjà tout un film, en espérant pouvoir contracter d'ici là, une bonne angine de poitrine qui le laisserait au lit, aux bons soins de Martine. Le téléphone le fit sursauter, c'était la voix du Procureur Mauléna. Les renseignements concernant le ressortissant Allemand Josef Krung avaient été vite trouvés. Il faisait l'objet d'un arrêté d'interdiction administrative du territoire. Il avait été fiché comme activiste de gauche, en 2017, au G20 de Hambourg. Des enquêtes étaient toujours en cours. Le procureur remercia l'avocat pour sa perspicacité. L'avocat soupira en se demandant dans quel bourbier Gilbert avait encore mis les pieds.

CHAPITRE 18

Retour à l'atelier pour Ferdinand.

Ferdinand se réveilla sur la couchette encombrée, avec une odeur d'humidité, de pièce pas chauffée. Il regarda le cadavre de la bouteille vide qui roulait au sol et constata que Gaspard n'était toujours pas rentré. Le froid du bateau avait rendu ses articulations douloureuses. Il se leva après quelques étirements pour essuyer d'un revers de main le hublot plein de buée, dont l'eau dégoulinait sur la couchette. Il se dit que ce n'était pas la peine de chercher à faire du café et décida de reprendre le chemin de la gare et d'attraper un train pour Biarritz. Il en avait pour plus de trente minutes, mais c'était moins cher qu'un taxi. Il espérait bien que le moussaillon avait déjà mis la machine à café en route à l'atelier. Arrivé devant la porte de la boutique, il se félicita d'avoir fait un double de la clef, car tout était fermé à presque onze heures, sonnant à l'église. Zébulon courut vers lui, tout content de voir enfin le jour et Ferdinand s'appliqua à la routine du matin, chat, lumière, café et musique. Il choisit « *couleur café* », dont il monta à fond le son sur la platine. Tout de suite Gilbert apparu en haut de l'escalier, d'une humeur à faire fuir le plus mauvais chat du cimetière.

— C'est encore toi ! T'as fait un double, j'imagine ! lança-t-il à son père.

— Bonjour quand même, t'as tout compris, je n'avais pas envie de laisser rouiller mes vieux os sous la pluie et je t'ai fait du café. Je viens du bateau de Gaspard, il n'est pas rentré de la nuit, tu ne sais pas où il est ? demanda Ferdinand sans relever l'agacement de son fils.

— Ben non, je ne suis pas sa nounou, il est majeur ! Il est sûrement resté chez sa copine Marie, elle habite près de la *Marie-Louise*, c'est une navette maritime sur le port de plaisance d'Hendaye. Déplace tes os là-bas, tu le cueilleras au saut du lit, puisque c'est ta spécialité !

— Bien sûr, mais je ne pourrais pas mettre de musique, ça sera moins vivifiant. Il lui arrive souvent de dormir là-bas ? Tu l'as vu quand la dernière fois ? continua Ferdinand.

— J'en sais rien ! C'est sa vie, tu m'emmerdes avec tes questions dès le matin ! T'aurais mieux fait de rempiler en mer, au moins t'avais de l'occupation plutôt que de jouer au détective privé retraité ! Je l'ai vu hier à l'atelier, si tu veux tout savoir, il a gardé la boutique toute la journée, car j'étais très occupé, vois-tu !

— Ah oui, t'étais occupé, genre à mettre le feu à la maison de la nounou ? Et quelles étaient tes autres occupations ? railla Ferdinand en réchauffant ses mains sur sa tasse.

— Tu vires à l'obsession, comme les vieux quoi ! Pourquoi j'aurais mis le feu chez sa nounou de Gaspard? Je savais même pas que ça avait brûlé, de toute façon, Gaspard m'avait dit qu'elle jouait aux tarots le jeudi soir, elle ne devait pas être là, ça n'empêche pas le choc quand elle reviendra, mais je n'ai rien à voir dans ce coup-là ! Faut que t'arrêtes de me soupçonner tout le temps pour rien ! cria Gilbert au comble de l'excitation.

— Je ne sais pas si c'est pour rien, dit Ferdinand calmement. Gaspard m'a dit qu'il croyait t'avoir reconnu sur la plage avec un jerrican d'essence, pas loin de la cabane de l'écrivain. Il aurait pu t'en parler et toi, tu aurais pu essayer de le faire taire ? Dans la maison de la

172

nounou, il y avait peut-être des preuves, des papiers, que tu voulais faire disparaître ?

—Tu dérailles complètement, ça doit être la vieillerie ! Je ne ferais jamais de mal à Gaspard, il est comme mon frère ! Et puis, je ne mets le feu nulle part ! C'est n'importe quoi un père pareil ! hurla Gilbert, blanc de colère.

— C'est sûrement ton frère, reprit Ferdinand très calme, on a bien avancé sur ce point avec mon copain du commissariat. Effectivement, la nounou n'était pas chez elle mais l'incendie est volontaire, on a ouvert le gaz et arrosé une torche d'essence. Je l'ai su par Lucien ce matin, quand j'étais dans le train. Le bain d'huile, dont les fils ont peut-être été bricolés, a explosé. Donc, tu ne verras pas d'objection pour que je fouille un peu ici, et à la cave ? C'est ça, ou demander à Lucien de venir avec un mandat, voilà ton choix, mais je préférerais que ça reste en famille, c'est plus gentil, conclu le vieux marin avec un clin d'oeil.

Gilbert regarda son père avec l'air mauvais et reposa brusquement son bol de café qui se brisa sur le sol en béton peint. Le chat sursauta, le poil hérissé.

— Si ça t'amuse de me dénoncer, lança Gilbert écumant de rage, je sais bien quel père tu es, grand-père avait raison quand il disait que « *la caque sent toujours le hareng* » !

Ferdinand eut un rire forcé devant le stock de méchanceté inépuisable de son fils qu'il mit sur le compte du réveil en fanfare. Il serra les poings car il avait décidé de rester calme devant les provocations de Gilbert, qui ne se contrôlait plus.

— C'est sûr que l'odeur du poisson imprègne tout et faut faire gaffe que ton histoire ne se termine pas justement en « *queue de poisson* » ou que tu ne finisses pas « *en sentant par la tête, comme les poissons pourris* », si tu veux donner dans les classiques ! déclara-t-il sobrement. Je te propose juste de t'aider avant d'apprendre qu'une caméra sur le bord de mer, t'a encore repéré avec ton jerrican et que la police arrive pour t'embarquer à nouveau. Je ne suis pas sûr que Lucien sera aussi gentil que la dernière fois. Tu ferais mieux de tout me dire, je ne peux pas m'empêcher de penser que tu me caches quelque chose. C'est quand même étrange ce sentiment que j'ai. Je peux sûrement t'aider, c'est le privilège des vieux d'être compréhensif. Tu te sens mal dans ta peau ? Tu as besoin d'argent, peut-être ?

Gilbert eut l'air de se radoucir un peu. Il repensa à son beau projet d'ouvrir une galerie et au chèque promis par Josef qui ne suffirait pas. Il se dit que son père, avait peut-être envie de racheter ses absences en l'aidant financièrement, comme lui avait suggéré son grand-père.

— Ce serait bien que t'arrêtes de me parler comme à un ado attardé ! Je n'ai rien fait de mal, je n'ai pas besoin de ton aide, de fric si tu veux, ça file vite et j'ai Gaspard à payer, les clients ne se bousculent pas et ici, ce n'est pas cher. J'ai d'autres projets figure-toi ! Pour le reste, au moins, il n'y a pas de caméras à la campagne, tu ne pourras rien prouver ! Si tu veux fouiller, et bien ne te gêne pas, je me tire pour la journée, tu m'énerves en m'accusant tout le temps !

Gilbert attrapa brutalement sa veste en cuir et se retourna sur le seuil de la porte l'air agressif.

— Tu fermeras quand tu auras trouvé des indices sur ma culpabilité, puisque tu as la clef ! Et si tu veux m'aider, tu peux aussi me laisser de quoi payer Gaspard à la fin du mois, puisque tu t'en soucies tellement ! Il faut bien qu'il mange tous les jours, ce pauvre chéri !

Ferdinand retourna le panneau « fermé » puis regarda son fils

175

claudiquer jusqu'au coin de la rue. Il est vrai qu'il avait maintenant une démarche reconnaissable entre mille. Il se dit qu'il était sûrement un mauvais père, mais c'était plus fort que lui, il était sûr que Gilbert avait dérapé. Cette intuition était terrible, il s'en voulait de l'avoir. Mais cela ne le quittait plus. Il y avait quelque chose d'étrange dans le comportement de son fils, une colère, une revanche à prendre sur la vie. Il voulait l'aider, malgré lui.

Pour le vieux marin, ou Gaspard se trompait, ou il avait bien vu Gilbert avec son jerrican près de la cabane de l'écrivain.

Il remit «*l'homme à tête de chou* » faute de trouver un meilleur titre de chanson qui s'appellerait, l'homme la tête à l'envers, ou, qui parlerait de lui, le père absent qui revient d'un long voyage pour suspecter son fils. Pour Ferdinand, c'était le comble de l'horreur, qu'il combattait depuis son retour au Pays Basque. C'est sûr qu'il était plus serein en mer, avant. Il avait rêvé de ses retrouvailles pour s'occuper enfin de son fils, pour compenser ses années d'absence, pour se rapprocher enfin et partager de beaux moments entre hommes. Mais ils avaient tellement de mal à se parler tous les deux que le sentiment d'être face à une sinistre réalité ne le quittait plus. Cela l'empêchait de dormir, il voulait découvrir qu'il s'était trompé, en ayant peur aussi, que son intuition d'avoir un fils qui tournait mal soit confirmée. Il sortit son chéquier et laissa un chèque à trois zéros à l'ordre de Gilbert. Il n'avait pas encore touché sa retraite de marin et entamait ses maigres économies. Il haussa les épaules en se disant qu'il fallait bien qu'elles servent à quelque chose. Il monta sur la mezzanine encombrée, triste et courbé, suivi de Zébulon, intrigué. Son téléphone chanta « *Santiano* », c'était le journaliste.

— J'ai reçu un courrier dans ma boite mail: « *Dernier avertissement sinon le pire reste à venir* ! ». J'ai décidé d'aller voir mon éditrice ! Si elle ne veut pas publier ce torchon, je paierai moi pour qu'elle le fasse, c'est la solution la moins mauvaise, dit Jean très contrarié.

— Je ne suis pas sûr que cela s'arrête pour autant, vous ne devriez pas vous précipiter comme ça pour céder au chantage. On va bientôt boucler ce type.

— Ah oui ? interrogea Jean-Martin Dupré, sur un ton plein d'espoir, ce serait formidable d'arrêter ce salopard pour l'empêcher de nuire ! Vous avez une piste sérieuse ?

Ferdinand regarda avec lassitude le bureau encombré de papiers en tous genres et l'ordinateur portable bleu de son fils au couvercle fermé.

— Disons que je suis bien aidé par un ancien copain devenu policier et qu'ici le roulis fait osciller le navire, car la houle devient mauvaise, dit Ferdinand rassurant. Il se passe des choses depuis que je suis rentré de chez vous, on en est à deux incendies volontaires, dont celui de votre cabane, car elle était louée à votre nom. Il y a aussi une disparition qui peut devenir inquiétante, le jeune Gaspard, le petit de la photo.

— C'est bien que la police soit au courant ! lâcha Jean en réalisant tout de suite que son propos pouvait être mal interprété. Ce n'est pas que je doute de vous, Ferdinand, mais cela va quand même crescendo, il y a un apprenti sorcier qui monte le son ! C'est de la folie cette cabane louée à mon nom, je n'ai jamais loué de cabane de plage, j'en aurais fait quoi ?

— Je vous crois, dit Ferdinand. La cabane a été louée par la mère de Gilbert, Irène. Il y a aussi de grandes chances, que le petit de la photo, Gaspard, soit votre enfant, conçu un soir de beuverie. Encore une piste, qui se profile, mais sans avoir encore de certitudes. Quant au maître-chanteur, on va lui faire baisser le son avant le final, ne vous inquiétez pas et donnez-moi jusqu'à lundi, je vous rappelle dès que j'ai du nouveau.

Le vieux marin prit congé de son interlocuteur et entreprit de fouiller consciencieusement les papiers de Gilbert sans trop savoir ce qu'il cherchait. Dans la poubelle pleine de feuilles froissées, de mégots, de canettes écrasées et de marc de café, il trouva, tout au fond, un bout de feuille déchirée avec le sigle :" SDGL". Il y avait un numéro et une date de dépôt. Il avait déjà vu ces grosses lettres blanches sur fond gris, sur le bureau de l'écrivain. Il rappela Jean pour en connaître l'intitulé exact et en demander l'utilité. Le journaliste lui apprit qu'il s'agissait de la « *Société des Gens de Lettres* » pour la protection des écrits littéraires, du seul fait du dépôt, selon le code de la propriété intellectuelle. En d'autres termes, Gilbert était l'auteur d'un livre qu'il avait protégé contre les plagiats, le comble pour un maître-chanteur, si c'était lui. Ferdinand se dit que Lucien devrait pouvoir en savoir plus sur le déposant, sur le titre de l'ouvrage grâce au numéro et à la date de dépôt. Il fourra le papier dans sa poche. Ferdinand regretta de ne pas pouvoir accéder à l'ordinateur portable fermé et redescendit dans la boutique. Là, il réalisa que le tableau gris, noir et blanc, en face du bar, représentant une femme en chapeau à plumes, assise en bout du canapé avec un homme barbu à l'autre bout, avait été décroché. Il avait fini par l'apprécier, s'y identifier, Irène et lui, avant, du temps de leur courte passion amoureuse. Il referma soigneusement la porte et pensa qu'il irait faire une petite visite à l'avocat, le lendemain matin, très tôt, comme il aimait bien. Il se dit que le tableau manquant pouvait être accroché dans la galerie, près du grand hall. Si c'était le cas, Gilbert était retourné à la Villa, sans en avoir parlé à son père. Il restait à savoir pourquoi, il avait encore donné un tableau et surtout, en échange de quoi ?

CHAPITRE 19

Josef Krung

Josef Krung était de très méchante humeur, en route pour rejoindre Gilbert au port des pêcheurs. Il avait appris, par des Basques-Blocs locaux, que son plan longuement mis au point à l'Hôtel du Palais, avait été éventé par Gilbert. Son nouveau camarade racontait partout qu'ils allaient dégommer l'Ambassadeur des Etats-Unis en Allemagne et faire un beau feu d'artifice pendant le cocktail d'inauguration du G7. Josef était consterné par tant de bêtises ! Il s'en voulait à mort d'avoir mis sa confiance dans ce type alcoolique, incontrôlable, âpre au gain, qui parlait sans réfléchir, sans se soucier des conséquences. Plusieurs fois, dans des soirées, il l'avait entendu devant lui vanter ses mérites. Josef en avait bêtement été flatté. Il était à présent grillé dans le mouvement et passait pour un irresponsable, incapable de mener à bien sa mission, dévoilée au grand jour et relayée sur les réseaux sociaux. Il n'avait plus qu'à attendre de se faire cueillir. Cette fois, ce serait avec une mise en examen pour association de malfaiteurs terroristes, en relation avec une entreprise collective, ayant pour but de troubler gravement l'ordre public. Josef tournait en boucle en fumant comme une cafetière italienne, le long de la grande plage. Il ne voyait plus d'issue et se disait que la seule solution était de fuir rapidement la France. Son projet mûrement préparé, en réussissant à se faire embaucher comme ouvrier, dans le grand hôtel allait capoter. Tout semblait pourtant si parfait, bien sur les rails. Il avait su se faire apprécier dans son travail, avait créé des contacts utiles. Tout cela jusqu'au jour où il avait rencontré ce diable de Gilbert. Bien sûr, il ne l'avait pas approché par hasard. Il savait qu'il était le petit-fils d'un avocat réputé. Petit à petit son plan avait été élaboré autour de ça. Il l'avait persuadé de se faire inviter à l'inauguration du G7 et accompagner ainsi son grand-père. Le moment opportun, Josef devait prendre la place de Gilbert et ensuite approcher l'Ambassadeur. Après, il avait encore le choix des armes. Il avait pensé au poison, facile à transporter pour passer les portiques de sécurité et simple à verser dans un verre. Mais Josef pratiquait les arts martiaux depuis de nombreuses années. Il s'était dit que c'était plus sûr. Il connaissait les points vitaux et savait où frapper. Il avait pensé à un gros coup dans les tempes, dans la pomme d'Adam, tout cela tranquillement aux toilettes, ou en fumant une dernière cigarette, puisque l'ambassadeur avait ce vice. Josef grognassait, habité par une sourde vengeance. Il pensait aussi qu'il serait aussi grillé au journal. Alors adieu la promotion, même ses articles de pigiste ne seraient plus acceptés. Il ruminait sous sa moustache et s'en voulait d'avoir eu cette idée de faire un gros coup. Pourquoi, bon sang, ne s'était-il pas juste borné à couvrir l'évènement du G7 de l'intérieur ! On aurait dit un fou quand il arriva en vue du port des pêcheurs. La tempête grondait sous son crâne. Ses yeux noirs roulaient sous les éclairs. Sa bouche charnue comme celle de Gilbert semblait grimacer toute seule, incontrôlable sur ses dents qui grinçaient. Il se disait que sa vie allait être complètement foutue, sans même n'avoir rien fait d'autre que travailler six mois dans un grand palace comme peintre en bâtiment. Il était sûr qu'il allait en prendre pour plus de dix ans, puisqu'il était déjà fiché comme activiste de gauche. Il connaissait les articles 421 et suivants du code pénal et savait que la tentative du délit était à peu de chose près, punie comme le délit de terrorisme lui-même. Cela le mettait hors de lui, que Gilbert lui ai coupé l'herbe sous le pied. Au loin, il reconnut son copain appuyé à la table de deux filles, qu'il semblait importuner sans trop d'entrain. Josef se dit qu'il devait encore être ivre. Il se demanda s'il pourrait nier les faits. Si on donnerait du crédit aux propos de cet alcoolique de Gilbert. Pour se calmer, il songea qu'il n'y avait pas de traces du projet d'attentat. Il n'avait pas encore posé les faux détecteurs de fumée avec caméra et wifi, les fausses multiprises avec micro, à l'étage des ambassadeurs. Il voulait être sûr du logement attribué et attendait le dernier moment. Tout le matériel était encore dans son studio. Il se dit qu'il faudrait vite tout détruire ce soir. Il n'avait pas encore versé d'argent à Gilbert pour prendre sa place aux côtés de son grand-père. Il n'y avait rien, rien ! Juste un ressortissant allemand qui avait travaillé dans un grand palace pendant tout un hiver, parce qu'il aimait les beaux Palais Français, les lieux chargés d'histoire. Le reste ressemblerait à une blague de potache, un canular d'ado boutonneux, un délire d'alcoolique drogué. Bien sûr, l'avocat de grand-père serait bien placé pour défendre son petit-fils, mais le ferait-il ? Gilbert prétendait toujours haut et fort que l'entente était loin d'être cordiale, que le vieux avait été très contrarié que Gilbert veuille l'accompagner au cocktail d'inauguration. En plus, le vieux se plaignait toujours que Gilbert lui soutire de l'argent. Là-dessus, Josef l'avait cru, car Gilbert

184

l'avait fait aussi avec lui, prétendant qu'aucune cause ne valait de rester sur la paille et que tout travail méritait salaire. Josef s'approcha et posa sa main dans le dos de Gilbert qui était en mode clown pour s'attirer les faveurs des filles. Il l'entraîna vers une table isolée au bord de l'eau et commanda des bières et des moules-frites.

CHAPITRE 20

Gaspard dans son van.

Quand il rejoignit son van sous la flotte, Gaspard n'était plus du tout énervé d'avoir été ridiculisé par Gilbert. Le jour tombait et il était de très belle humeur depuis qu'il avait regardé le chiffre à quatre zéros écrit de la main du Maître. Il ne remarqua même pas l'ombre fine qui le suivait. Il poussa la porte du camion, en se disant qu'il avait été à la hauteur, content d'avoir récupéré un beau chèque. Jamais il n'aurait dû faire confiance à Gilbert. Il dépendait de lui depuis trop longtemps, cela suffisait ! Avec l'argent de l'avocat, il allait prendre le temps de réparer le bateau amarré à Hendaye et naviguer enfin. Il attrapa la bouteille de whisky, achetée pour fêter son anniversaire et but un grand coup au goulot à sa réussite. Cela lui brûla un peu le gosier, mais tout de suite il eut chaud et se sentit bien. De toute façon, il n'avait qu'à pas se laisser faire, Gilbert devenait de plus en plus difficile, agressif. Jamais, il ne lui avait encore fait un coup comme hier soir, jamais, il ne l'avait maltraité comme ça, devant tout le monde. Il se dit que personne ne pouvait admettre cela et que c'était allé trop loin. Il venait de lui faire payer en allant se plaindre à son grand-père. Il se disait que si Gilbert l'apprenait, il serait fou-furieux et chercherait sûrement encore à se venger. De toute façon, il en avait ras-le-bol de se faire exploiter à la boutique et quémander pour être un peu payé, de temps en temps. Il décida que dès le lendemain, il irait à la banque encaisser son magot et chercherait un nouveau travail. Il y avait urgence avant que Gilbert ne jette ses affaires sur le trottoir. Pire, il pouvait changer les serrures du van qui était à lui, compris dans son salaire, comme ses fringues, dont il changeait à sa guise, à la friperie. Gilbert en était bien capable. Gaspard bu le quart de la bouteille, vautré sur la couchette encombrée, puis s'endormit d'un seul coup, content de lui. En milieu de nuit, il entendit gratter avec insistance à la porte du camion en lançant des "miaous" étranges. Il s'ébroua dans un demi-sommeil et attrapa aussitôt le grand couteau à steak qui traînait sur la table, à côté du chèque qu'il fourra vite au fond de sa poche, car les plaintes du chat lui étaient familières. C'était encore Gilbert !

—Ouvre Gaspard, je te demande pardon, c'était pour rigoler hier !

— Fous le camp, je ne veux plus jamais te voir ! Demain je viendrai chercher mes affaires et Zébulon, après, chacun sa vie de son côté !

—Ben, j'avais un cadeau pour ton anniversaire pour me faire pardonner. Je t'ai acheté une trottinette comme tu voulais, elle est à l'atelier. Je vais te le donner ce soir, car je vais à Paris demain et là, je vais dormir chez une copine. J'ai apporté une bouteille de champagne pour faire la paix, je me suis conduit comme un porc, encore pardon. Laisse-moi entrer, supplia Gilbert, il pleut, je t'ai aussi préparé un petit chèque qui te laissera le temps de te retourner, il va être trempé. Si tu veux, tu pourras même dormir à l'atelier, il fera sûrement plus chaud que dans le van, allez, ouvre-moi !

Gaspard réfléchit à son humiliation de la soirée de la veille, assis derrière la porte pour la caler à fond, car elle fermait mal. Il sentit dans son dos Gilbert qui poussait et commençait à donner des coups de pied furieux dans la mauvaise fermeture. Il pensa qu'il était un peu pris comme un rat, car la porte ne résisterait pas longtemps. En plus,

Gilbert avait peut-être traîné son copain allemand, tapis dans l'ombre, en attendant de lui faire sa fête. Gaspard songea qu'il était garé loin des autres vans de surfeurs, pour être tranquille. Le stationnement anarchique des combis alimentait la polémique dans la ville, comme partout sur la côte. Il regarda son téléphone éteint, car la batterie était nase, il avait encore oublié de le recharger. Pour se défendre, il n'avait que son couteau en céramique, une petite poêle, une bouteille en verre. Il se dit qu'il ne tiendrait pas longtemps, qu'il fallait l'empêcher d'entrer à tout prix, car même boiteux, Gilbert était beaucoup plus grand et costaud que lui. Il ne voulait pas que cela tourne mal. Il pensa aller crier à l'aide à la fenêtre, mais il se dit qu'il devrait quitter la porte qu'il bloquait de tout son poids. Ses longues minutes, où il réfléchissait, énervaient encore plus Gilbert, qui s'était mis à brayer comme un dingo en faisant des bruits de bête sauvage et en l'injuriant sans limite. Excédé, Gaspard tapa aussi un grand coup dans la porte.

— Je t'ai dit de foutre le camp ! Je ne t'ouvrirai jamais ! Si tu continues, j'appelle les flics ! Il va encore être content, ton avocat de grand-père quand il va venir te chercher au poste ! Un jour, il ne

189

pourra même plus te défendre tellement t'en rajoute tout le temps, tu finiras en taule, comme un pauvre con ! Même handicapé, même avec un papy avocat, tu n'y échapperas pas, à force de t'en prendre à tout le monde !

Gilbert cessa un instant ses coups de pied dans la porte et se remit à crier.

—Je vais te faire cramer ! Faudra bien que tu sortes de mon camion p'tit bâtard !

Il y eut encore deux grands coups de pied dans la porte, puis, plus rien. Gaspard attendit un peu en retenant son souffle et se dit que c'était peut-être une ruse pour le faire sortir. Il tira son fauteuil pliable sans se lever, le plus doucement possible, sans trop quitter la porte. Il cala le siège à sa place et couru à la fenêtre, dont la buée dégoulinait. Dehors, dans la nuit sans lune, tout semblait calme. Le lampadaire à la lumière jaune tremblait sous les assauts du vent qui s'était levé. En se tordant le cou, Gaspard vit la grande silhouette claudicante de Gilbert qui s'éloignait. On aurait dit que derrière lui, un peu plus loin sur la route, une forme fine, toute en noire semblait le suivre. Gaspard attrapa sa veste et son téléphone déchargé puis, son couteau à la main, ouvrit doucement la porte. Il s'élança à la poursuite de Gilbert qui longeait la route surplombant la mer. Sur l'autre trottoir, la silhouette fine et toute habillée de noir avançait lentement. Gaspard traversa aussi, préférant suivre celui qui suivait son copain, car il en était presque sûr, Gilbert était suivi. Il allait sûrement à la boutique, chercher de l'essence pour faire cramer le van. Au bout de la route qui longeait la mer, la silhouette fine, s'engouffra dans une petite rue et disparu définitivement. Gaspard se sentit un peu perdu en se disant qu'il s'était trompé. Personne ne suivait Gilbert et lui était seul sur son bout de trottoir avec son copain, de l'autre côté de la rue. Ils étaient près de la friperie. Gaspard entendit Gilbert tirer la grille grinçante et ouvrir la porte avec les clochettes chinoises qui tintinnabulaient à l'ouverture. Il se cacha dans un renfoncement de porte cochère pour éviter d'être vu. Ses palpitations cardiaques s'accéléraient et il pensa qu'il ferait mieux de dégager, de filer au commissariat ou chez Ferdinand. Il se maudit d'être aussi curieux, attiré comme un aimant vers Gilbert. Il n'y avait même plus de voitures pour rouler dans la nuit noire et la pluie d'orage recommençait à faire luire le trottoir. Il se dit qu'il allait se cacher près de l'atelier, sous le petit porche à vélos pour guetter Gilbert. C'était plus fort que lui, il voulait savoir jusqu'où irait son copain. Il entendit les filles d'à côté qui rentraient éméchées. Il se ratatina encore derrière une poubelle, pour qu'elles ne le voient pas. Gaspard patienta jusqu'à ce qu'elles aient refermé la porte, en perdant de vue un instant, la grille de l'atelier. C'était juste un instant de trop, car Gilbert était près de lui.

CHAPITRE 21

La loi du plus fort.

D'un coup de pied sur le bras, Gilbert lui fit lâcher son couteau et l'attrapa par les cheveux pour le traîner dans la boutique. Gaspard se mit à crier dans la nuit, mais personne ne se montra, ni aux portes cochères, ni aux fenêtres. Gilbert referma la porte vitrée avec son pied.

— Arrêtes ! T'es malade, tu me fais mal ! hurla Gaspard en se tenant la tête.

— J'arrêterai quand j'en aurai envie, sale cafard ! Pourquoi t'es allé cafter à mon grand-père et à mon père ? Qui t'as donné la permission de faire ça, hein ? Qu'est-ce que tu es allé faire chez moi ? Réponds ou je vais m'énerver ! cria Gilbert en le secouant par les cheveux.

Gilbert agita Gaspard par son col de veste qu'il tenait fermement très serré puis, soudain, il l'envoya valdinguer dans les gros sacs de fringues. Gaspard se redressa en se frottant le coude qui avait tapé au sol. Gilbert avait les yeux fous et la bouche mauvaise avec l'haleine chargée. Gaspard décida qu'il ne fallait mieux pas envenimer les choses en niant les faits, surtout si Gilbert l'avait suivi ou si l'avocat avait parlé de sa visite.

— D'accord ! J'aurais dû t'en parler, ça m'a pris d'aller le voir, parce qu'il est avocat et je ne savais plus quoi faire. Tu t'énerves pour rien, j'ai pas pu en placer une ! Je voulais qu'il me donne des conseils par rapport à la rupture de mon contrat de travail, car tu me fous dans le caca en me virant. Il m'a déconseillé d'aller aux prud'hommes et m'a dit de me trouver un autre travail, c'est tout ! cria Gaspard à moitié caché derrière les sacs noirs.

Gilbert se mit à rire méchamment et sortir un pistolet de la poche intérieure de sa veste. Gaspard se recula encore derrière la montagne de fripes, complètement effrayé.

—Ne t'inquiètes pas, dit Gilbert en souriant, je ne vais pas te tuer avec ça, c'est un pistolet à impulsions électriques, t'as rien à craindre si tu m'obéis, sinon : tic, tic, tic !

Il actionna l'arme qui envoya un arc bruyant et dissuasif, rien qu'à distance.

— C'est bien hein ? ironisa Gilbert en examinant l'arme, ça envoie 2.000.000 volts ! L'arc électrique peut traverser les habits pour atteindre la peau. Après, le courant se déplace dans le corps, dans les muscles et les nerfs pour finir sa course jusqu'au cerveau, géant non ? Si t'es sage, tu ne seras pas le premier sur qui je le testerai. Ce sera le sale cabot de mon grand-père qui va être le premier à le connaître ! Je lui dois quelque chose, il va regretter de m'avoir attaqué ce con de clébard !

— Berne? dit Gaspard étonné, mais c'est un super chien doux comme un caniche, tu ne peux pas lui faire de mal ! Moi, il m'a fait une fête d'enfer ! Tu as dû le provoquer pour qu'il t'attaque, il est super gentil et affectueux !

— Gnagnagna ! grimaça Gilbert, moi, je suis le premier de la classe, tout le monde m'aime, même le sale cabot du baveux ! J'ai jamais de problèmes avec personne, moi !

Gilbert avait repris ses imitations grotesques. Il se dandinait l'arme à la main en faisant des grimaces débiles. Gaspard regarda autour de lui et pensa à essayer de fuir en se jetant sur la porte vitrée. Il se dit qu'il se ferait sûrement mal. Gilbert était fort et pouvait courir vite, malgré sa jambe traînante. Il décida de jouer la montre, de le faire parler en restant caché derrière les sacs en plastique.

— Et tu veux qu'on fasse quoi maintenant ? demanda Gaspard d'une voix anxieuse. Tu me vires, ça devrait te suffire ! Je croyais qu'on était ami, non ? Je n'ai jamais rien fait contre toi, tu dois me laisser partir et aller dormir en plus de décuver un peu ! Je te promets que je ne parlerai à personne de ta colère !

Gilbert balançait toujours son arme d'une main à l'autre, immobile près de la porte. Il semblait peaufiner son plan, en estimant la suite des évènements. Dans un sac plastique sous le comptoir, il prit un caleçon froissé à fleurs jaune et au feuillage vert. Il le fit tourner comme une fronde, en ricanant encore comme un fou dangereux.

— C'est qui le beau gosse qui va venir faire quelques photos avec moi et mettre le p'tit maillot, hein ? Tu bouges ! On va à la cave ! Si tu bronches, attention ! T'as intérêt à obéir !

Gaspard après un moment d'hésitation, se releva pour avancer lentement près de lui, décidant de faire le professionnel de l'habillement en détaillant le short vintage.

Il voulut toucher le tissu et se saisir du maillot de bain. Gilbert menaçant, envoya une décharge électrique devant lui. Gaspard recula en levant les mains.

— Pas la peine de t'énerver ! cria Gaspard, d'une voix forte, en essayant de cacher sa peur. Je voulais juste toucher le tissu, c'est moche et ça doit être tout mité, je vais attraper des " M.I.P-M.I.P " , des maladies inflammatoires pelviennes là-dedans ! Je ne peux pas rester avec le mien ? Il est neuf avec des carreaux, c'est un cadeau de Marie, ma copine...

— Avance ! Et n'essaie pas de m'embobiner avec ton caleçon d'amoureux ! Tu vas mettre celui-là et tu vas arrêter de discuter ! coupa Gilbert très excité.

Il poussa Gaspard vers la porte en le menaçant à nouveau avec le pistolet électrique. Ils ressortirent, l'un derrière l'autre, dans la rue mouillée pour se diriger vers l'entrée mitoyenne qui menait à la cave. Il pleuvait toujours et Gaspard ne vit pas l'ombre noire, tapie sous le porche. Il avait de plus en plus peur et essayait d'échafauder des plans pour se tirer de ce mauvais pas. Il connaissait la cave. C'était un boyau sans issue. Il se dit qu'il fallait éviter de se retrouver là-dedans. Dans le couloir, Gaspard fut tenté de crier, mais, se ravisa en essayant de discuter encore.

— OK, je vais mettre ton caleçon pourri, mais on est vraiment obligé d'aller à la cave ? Il y a des rats et il fait froid. En plus, on va rien voir sur tes photos. Si on retournait plutôt les faire à l'atelier, dans ton bureau, ce sera mieux pour l'éclairage, avec ton vasistas ? Ou alors, demain, sur la plage, ce serait encore bien avec la lumière du jour, non ?

Gilbert lui donna la clef et d'un ton sec, lui ordonna d'ouvrir l'issue du couloir puis l'interrupteur. Il le fit avancer jusqu'à sa cave, dont il avait fait changer la serrure et la fermeture à clairevoie et frises verticales. Il tenait dans sa main libre un pot de gel gominant pour les cheveux, ce qui intrigua encore plus Gaspard.

— On retournera à l'atelier après, si t'as été sage. Pour l'instant, tu te déshabilles, tu te fous devant la mer et tu mets mon caleçon et du gel pour aplatir tes cheveux en arrière façon sortie du bain, tu feras encore plus jeune ! souffla Gilbert avec un rire mauvais.

Ensuite, il marmonna entre ses dents, les faisant grincer sous sa moustache. Gaspard se dit que c'était encore plus inquiétant que quand il criait. Il ôta tous ses vêtements en prenant un peu son temps. Pendant ce temps, Gilbert réglait ses éclairages en professionnel.

Gaspard se passa du gel sur la tête et prit la pose en grelottant devant le grand poster au paysage de mer collé sur le mur, dans le fond du réduit bien rangé. Gilbert le photographia, de face puis de dos en lui demandant de prendre la pause comme s'il était heureux.

Il lui ordonna de lever un bras comme pour une accolade imaginaire et continua ses prises de vue. Gaspard s'exécuta en maugréant pendant que son copain affichait toujours son rictus mauvais. Il entendait le bruit des photos que Gilbert envoyait de son téléphone.

— J'ai pas vraiment envie de rire avec tes conneries ! lança Gaspard en colère, j'ai froid et j'en ai marre, je voudrais aller me coucher, si tu veux tout savoir !

En s'esclaffant encore, Gilbert lui ordonna de se rhabiller et de s'asseoir sur une vieille chaise. Il sortit une corde, des ciseaux et du scotch sous les yeux effrayés de Gaspard.

—Qu'est-ce que tu as encore inventé ? dit Gaspard en louchant sur l'objet pointu, tout en se rhabillant à toute vitesse, le regard terrorisé. Laisse-moi partir, je ne dirai rien, promis !

Gaspard sentit qu'il devait faire quelque chose et tenta de se précipiter vers la porte. Gilbert le rattrapa fermement par le bras qu'il lui tordit méchamment.

— Tu fais ce que je t'ai dit ! Tu te laisses faire, sinon gare au pistolet ! cria-t-il encore.

Gilbert déroula le scotch sur la bouche de Gaspard et lui attacha les pieds à la chaise et les mains dans le dos. Gilbert prit un sac en papier qu'il enfila sur la tête du prisonnier, qui gesticulait dans tous les sens. Gaspard eut vite chaud et ses palpitations s'accélérèrent à un rythme endiablé. Il sentit Gilbert qui s'asseyait sur ses genoux et l'odeur du marqueur. Gaspard poussait des grognements plaintifs et vains. Gilbert en ricanant, dessina sur le haut du sac en papier. Au niveau du front, il esquissa un rocher, avec une grosse vague noire comme la vague *Belharra*. Il dit en persiflant au prisonnier, que faute de la surfer, il l'aurait au moins sur la tête. Soudain, Gaspard sentit Gilbert se retourner vivement et l'entendit demander : " qu'est-ce que tu fais là " ? Gilbert poussa un petit cri et bascula au sol. Après, il n'y eut plus d'autre voix, ni de bruit de lutte, juste un silence pesant, très long, comme à un enterrement. C'était bête, mais Gaspard venait de se souvenir d'un jeu qu'il aimait bien quand il était petit. Il y avait une cassette et il fallait reconnaître les bruits de la maison, des animaux, à l'aveugle. Dans l'obscurité du sac qui lui collait au nez, Gaspard dressa l'oreille et crut reconnaître le son clair d'un verre brisé, avec des frottements de tissu, comme en font des bas de pantalon.

Il y eut encore un bruit lourd de pas tapant la terre, comme quelqu'un qui fait du surplace. Ensuite, Gaspard entendit un froissement de plastique et quelque chose qu'on tirait, comme de grands cartons plats très lourds.

Gaspard avait les yeux exorbités sous le sac et maintenant, il transpirait sous le papier kraft qui lui collait à la figure. Il était certain que sa dernière heure était venue. Il y avait dans la cave quelqu'un de suffisamment fort ou téméraire pour s'en prendre à Gilbert, une personne qu'il n'entendait plus marcher. Il se demandait ce qui se passait, ce qui allait encore lui arriver. Tout se bousculait dans sa tête. Il pensa à sa nounou, Suzanne, à sa copine Marie, à Ferdinand, aux copains qui voulaient l'emmener surfer sur la vague *Belharra*. Celle qu'on attendait des années, au large d'*Urrugne*. Là où les hauts-fonds forment une vague immense et violente. Une vague rare et exceptionnelle, de parfois plus de vingt mètres de hauteur, très difficile de prédire à plus de cinq jours à l'avance. Un rêve pour tous professionnels du surf, connu de la terre entière, que lui ne vivrait jamais. On ne le déposerait pas avec son surf, en le tractant en scooter des mers, au creux de la vague noire, pour qu'il prenne plus de vitesse. Il se dit que ce n'était pas juste de finir comme ça, pris au piège dans une cave à rats. Il se maudit en se disant que c'était prévisible, ce qui lui arrivait. Et puis, il pensa que c'était bien fait pour lui, qu'il n'aurait pas dû suivre ce cinglé ! Il aurait dû aller voir Ferdinand. Tous les deux, ils auraient pu raisonner Gilbert, le calmer. C'était trop bête. Gaspard avait très peur. Il se mit à pleurer et se rendit compte qu'il mouillait aussi son pantalon. Il sourit, sous le sac en papier humide et pensa qu'au lieu de se faire dessus, il ferait mieux de pleurer encore. Peut-être que le sac allait se déchirer et qu'il pourrait respirer mieux ? Si ce foutu sac craquait, il verrait qui était dans la cave, où était Gilbert. Gaspard n'entendait plus aucune respiration et il ne se passait plus rien. Le temps semblait arrêté. L'imagination et la peur envahissaient Gaspard qui pensa que le troisième lascar était peut-être Josef. Il allait s'en prendre à lui maintenant. C'était dans l'ordre des choses. Gaspard avait la certitude qu'il allait mourir et ça lui donna une idée. Il pencha la tête sur sa poitrine pour faire le mort, celui qui n'a rien vu, et pour cause ! Surtout, il devait aussi faire celui qui n'a rien entendu, évanoui, pas là, même immobile sur sa chaise, incapable de bouger, de crier ou de se défendre. Il entendit à nouveau les pas qui écrasaient la terre, le frottement des jambes de pantalon qui se rapprochaient de lui. Gaspard perçut ensuite le bruit métallique d'une boite qu'on ouvre et qu'on referme et il s'arrêta de respirer.

CHAPITRE 22

Fin de doutes.

La nuit tombait quand Ferdinand arriva au commissariat. Dans les bureaux, les plafonniers constellés de chiures de mouches étaient éteints, mais Lucien l'attendait à l'accueil et le salua chaleureusement.

— Tu sais qu'on a retrouvé la nounou ? dit-il tout content. Elle était juste partie faire une partie de tarots avec ses copines. La pauvre, elle nous a dit avoir encore gagné le camembert, dommage pour elle, car dans sa maison, tout est un peu foutu.

— Moi aussi j'ai du nouveau, dit Ferdinand en suivant son ami sur le chemin du restaurant. L'écrivain a reçu par mail un dernier avertissement avec une photo compromettante où il tient un jeune homme par l'épaule, il craque en criant qu'il n'est pas un pédophile et veut publier le livre du maître-chanteur de sa poche pour avoir la paix !

— Faut jamais faire ça ! lâcha Lucien d'un ton sec. Tu lui as dit ? Ils ne s'arrêtent jamais ! Il t'a envoyé la photo transmise par le maître-chanteur ?

Ferdinand lui montra la pièce jointe sur son téléphone.

— Le jeune ressemble à Gaspard, sauf la coupe de cheveux. Bien sûr, je pense comme toi pour le manuscrit et je lui ai dit. Mais l'écrivain a trop peur que la photo termine dans la presse à scandale. Je lui ai demandé d'attendre lundi. On va peut-être avancer, car j'ai autre chose, dit Ferdinand en fouillant ses poches. C'est un reçu pour une protection de manuscrit à la Société des gens de Lettres. Je l'ai trouvé dans la poubelle de mon fils. Comme il y a le numéro, vous pouvez peut-être savoir dans vos services, qui a déposé le livre et surtout si son titre correspond à celui reçu par l'écrivain, « *Je me souviens* » ?

— Bien sûr qu'on peut, on a des gars compétents pour tout, t'as une idée de l'ordinateur où pourrait être stocké le fichier du livre ? Nos gars savent aussi cracker les mots de passe, dit Lucien avec fierté.

L'informatique était pour lui aussi indéchiffrable que du mandarin. Il disait souvent, pour excuser son ignorance et justifier son refus d'essayer de comprendre le maniement des ordinateurs, que, comme *De Gaulle,* ce n'était pas à son âge qu'il deviendrait dictateur ou informaticien.

— Je ne t'ai pas tout dit, reprit Ferdinand soucieux, le petit Gaspard est introuvable depuis hier soir et en plus, comme le jeune sur la photo compromettante lui ressemble, je pense que ça va devenir inquiétant. Je crois aussi que mon fils me cache quelque chose, qu'il complote avec son nouveau copain allemand, c'est terrible, je ne peux pas m'empêcher d'y penser !

— Ben, ça prend une drôle de tournure, dit Lucien embêté. Raconte-moi tout ça sans faire de cachotterie pour épargner ton Gilbert. Pour l'Allemand, il y a une fiche de sécurité, on surveille son domicile et son lieu de travail. On a aussi transmis son signalement en Espagne et on est en relation avec la police allemande. Allez, raconte, si cela se trouve, c'est même un service à lui rendre à ton fils. Souvent, c'est un engrenage et ils ne savent plus comment s'arrêter s'ils font des conneries. Et puis, il faut voir le côté positif, tu te fais peut-être des idées, dit Lucien sans trop y croire car Gilbert ne lui avait pas paru très clean.

— Oui, il m'a dit ce matin que je déraillais à force de le soupçonner tout le temps et que c'était la vieillerie, avoua Ferdinand avec tristesse.

*

Au cours du repas, Ferdinand raconta à son ami ses intuitions, qu'il tournait en boucle. Il marmonna ses soupçons qui ne le rendaient pas fier de lui, tout en continuant de former avec sa fourchette des cratères dans sa semoule à couscous, à laquelle il avait à peine touché. Même sa respiration et sa salive avaient du mal à passer. Lucien l'écouta en silence et tenta de rester professionnel.

—Je crois qu'on va convoquer ton fils pour voir ce qu'il a vraiment dans le ventre et lui foutre un peu la trouille. Ton journaliste a porté plainte auprès des services de police de son arrondissement pour le chantage ou alors il a déposé une pré-plainte en ligne sur gouv.fr ?

— Il ne veut pas que l'affaire s'ébruite, il préférerait l'enquête d'un privé. La seule plainte déposée porte sur l'agression de la plage, sur les conseils de son frère.

— Il ferait mieux d'y réfléchir, pour la plainte, car de toute façon, la photo truquée risque de circuler quand même, avertit Lucien. Quant à Gaspard, il est majeur, donc il fait ce qu'il veut. On peut passer voir la copine demain et lancer un signalement s'il n'est pas réapparu dans la journée à l'atelier, sur son bateau ou dans son van. En plus, tu peux continuer à chercher un peu de ton côté et tu me tiens au courant. Je vais rentrer, je suis mort, on se rejoint chez ton baveux demain à neuf heures, ciao Ferdi, dit-il en s'éloignant!

*

Ferdinand le regarda partir sur le trottoir mouillé et enfonça son vieux bonnet jusqu'aux sourcils. Son instinct lui disait de retourner à l'atelier, malgré la fatigue de sa mauvaise nuit sur le bateau. Devant la boutique, toutes les lumières étaient éteintes et la vieille grille devant la porte vitrée brillait sous la pluie. Avant qu'il n'ait commencé à ouvrir, Ferdinand vit deux filles qui rentraient en chahutant par la porte mitoyenne à l'atelier. Il ôta son bonnet avec respect.

— Excusez-moi mesdames, je suis de passage et je voulais faire une surprise à mon fils, Gilbert, le propriétaire de la boutique à côté mais il n'y a personne et il pleut, savez-vous s'il y a une cave ou un accès à la boutique par le couloir, pour attendre un peu au sec ?

L'une des filles dit qu'elle s'appelait Charlotte et s'approcha tout sourire, avec son haleine très chargée. Elle montra le fond du couloir.

— Ah, vous êtes le père de Gilbert, c'est notre pote ! Il a une cave, là-bas au fond, la petite ouverture. Nous aussi, on en a une là-dessous, mais on n'y va jamais, il y a des rats gros comme le bras là-dedans ! On en a déjà vu qui sortaient se promener, juste quand on rentre en pleine nuit, rien que pour nous foutre la trouille ! Quand la tête passe, tout le corps passe !

Charlotte ouvrit sa porte et se retourna souriante vers le vieux marin.

— Venez plutôt attendre Gilbert chez nous, il doit nous rester de la bière.

Pour se débarrasser des filles, Ferdinand promis de repasser dans la soirée, en disant qu'il allait d'abord regarder à la cave, en sa qualité d'ancien dératiseur. Ce qui était un peu vrai, au vu des colonies de rongeurs qui pullulaient sur les bateaux.

En fouillant la cave où il n'était jamais venu, Ferdinand espérait trouver des traces d'essence ou le fameux jerrican. Il s'en foutait des rats, ils avaient plus peur que lui. Quand il naviguait, il aimait encore bien en choper un, pour essayer de l'apprivoiser en lui donnant un petit prénom, pour après lui apprendre des tours. Quand il fut sûr que

209

les filles ne ressortiraient pas dans le couloir avant d'avoir vidé quelques canettes de bière, il sortit son couteau multi-fonctions pour attaquer la vieille serrure. Son travail terminé, il trouva un vieil interrupteur crasseux qui jetait dans le couloir des caves, une faible lumière jaune et tremblotante.

Il alluma son briquet-tempête pour mieux se diriger dans le boyau sale, aux portes en bois à claire-voies. On voyait tout le bric-à-brac qui se trouvait dans chaque cave, amoncelé là plutôt que de finir en recyclerie. Ferdinand balaya les réduits encombrés avec son briquet dont la flamme vacillait.

Soudain, par une porte au bois presque neuf, il vit un monceau de couvertures et de plastiques sur le sol en béton. Dessous, il lui sembla qu'une forme bougeait. Ferdinand attaqua le cadenas avec son couteau-pince, puis n'arrivant à rien, s'empara d'un balai qui traînait dans le couloir. Doucement, il fit pénétrer l'outil entre les lattes de bois pour soulever la couverture qui bougeait. Il recula d'un bond avec un grand cri. Gilbert était couché là en compagnie d'un gros rat gris qui lui courait sur la poitrine ! Il hurla comme un fou pour chasser la sale bête puis ressortit en titubant dans le couloir crasseux et appela Lucien malgré l'heure tardive.

Les policiers arrivés en renfort avec le SAMU sur les lieux brisèrent le cadenas. Ils sortirent son fils, cadavérique, victime d'une overdose. Gilbert avait les yeux révulsés. Ses mains avaient gonflé et ses lèvres étaient bleues avec des restes de vomissure. Un médecin effectua un massage cardiaque tandis qu'un autre soignant posait le défibrillateur, en vain. Ferdinand apprendrait après que Gilbert était mort d'une injection de speed ball, héroïne + cocaïne, avec un dosage d'héroïne plus important. L'injection avait été faite dans le cou, près des artères qui partent vers le cerveau. Le revêtement de la veine était endommagé par de gros caillots de sang, comme quand l'injection est trop rapide. Il avait été plongé très vite en arrêt cardiaque, après des convulsions. On ne retrouva pas la seringue, juste l'aiguille cassée dans le cou de Gilbert. Il n'y avait plus rien à faire. Lucien posa sa grosse main sur l'épaule du vieux marin, anesthésié par la douleur, en regardant le corps de son fils, glisser avec la civière dans le véhicule de secours.

*

La nuit était noire, sans lune, sans étoile et la pluie d'été redoublait. Ferdinand s'assit sur le trottoir mouillé pour pleurer tout son soûl après le départ du véhicule d'urgence. Il s'en voulait affreusement d'avoir soupçonné son fils. Il regrettait tellement leur engueulade, la dernière fois qu'il l'avait vu vivant. C'était comme si le sol s'ouvrait sous ses pieds, il se dit qu'il ne s'en remettrait jamais et qu'il porterait toujours le poids de la culpabilité, due à tout ce manque de communication. Il demanda quand même à Lucien pourquoi Gilbert s'était piqué à la cave, avec les rats, ça n'avait pas de sens. Assis près de lui en silence, son ami récupéra la clef de l'atelier dans la poche de Ferdinand et ouvrit la porte pour le faire mettre à l'abri. Tout semblait calme, sauf Zébulon qui s'agitait et attendait Gilbert.

En montant à l'étage pour prendre le sac de croquettes du chat, Ferdinand remarqua tout de suite que l'ordinateur portable bleu de son fils n'était plus sur le bureau. Les deux amis firent le tour de la boutique pour voir s'il ne manquait pas autre chose, ce qui s'avéra difficile, car les deux hommes connaissaient mal les lieux. Ferdinand tendit la main sur la petite tête noire de Zébulon et prit le chat pour le nourrir. Ce soir-là, il décida que l'atelier deviendrait sa maison provisoire et qu'il ne retournerait pas dans son van vert, sauf pour chercher ses affaires et son lapin en céramique.

CHAPITRE 23

Josef Krung dans l'arène.

Il était près de trois heures quand Josef décida de retourner vers son petit immeuble, près du jardin public. Il s'était dit pendant tout le chemin, qu'il devait impérativement enlever toutes ses affaires et jeter tout ce qui serait compromettant, après les fanfaronnades de Gilbert. Il se disait aussi qu'il devait vérifier si son appartement était déjà surveillé. Si c'était le cas, il filerait direct pour prendre le car de neuf heures vers Saint-Jean de Luz et passer en Espagne par le train de la Rhune. Tant pis pour le matériel. Il ruminait toujours sa déception car il avait maintes fois imaginé l'entrée en matière pour réaliser son action. Quand Gilbert serait arrivé aux côtés de son grand-père, il ferait nuit. Josef avait pensé attendre derrière le magnifique oeil de boeuf aux angelots, à l'entrée du Palais et sortir à leur passage pour prendre la place de son ami. Tous deux avaient peaufiné leurs ressemblances, ce que Gilbert avait trouvé très drôle.

Ils porteraient le même costume, la même coupe de cheveux, la même moustache. Josef devait juste se rappeler qu'il devrait toujours traîner un peu la jambe en marchant. Les deux amis étaient persuadés que le vieil avocat ne remarquerait rien, tellement excédé qu'il était

de devoir déjà traîner Gilbert à sa suite. Il ne lui ferait sûrement pas la conversation sous la sublime marquise, avant de passer la porte tambour pour pénétrer dans le grand hall. Après, Josef avait prévu que ce serait simple. Il fallait juste se glisser parmi les prestigieux invités, au bord de la piscine et repérer sa cible, qu'il connaissait déjà. Bien sûr, il ne pouvait pas prévoir comment elle se déplacerait, avec qui elle parlerait, ni où. Il savait seulement que l'Ambassadeur avait des problèmes de prostate et qu'il se rendait souvent aux toilettes. Il avait donc prévu d'attendre son heure pas très loin. Après, ça aurait été un jeu d'enfant. Josef jura en allemand. C'était trop bête de rater un occasion pareille à cause de Gilbert ! Il se dirigea vers le rond-point d'Hélianthe pour remonter par l'avenue Carnot. Il pensa que sa rue en zone 2, serait bientôt bouclée comme un ghetto. Pour l'instant, malgré l'heure tardive, de rares voitures de fêtards roulaient encore sous la pluie. Il traversa sans trop regarder, avant la Gare du Midi et entendit les roues qui hurlaient derrière lui. Très vite il se retourna et

214

aperçu le van noir aux vitres teintées. Le véhicule sombre le percuta de plein fouet et le traîna sur plusieurs mètres avant de l'éjecter contre un arbre au bord du trottoir. Dans un éclair, peut-être celui du pare-choc chromé, Josef pensa à *Wuppertal,* à son enfance dans la région de la *Rhur.* Il vit sa mère qui ramenait des cassis du jardin. Elle lui tendait les feuilles, il aimait tellement l'odeur. C'était si loin. Il entendit à nouveau l'accélération du van sombre, qui comme un monstrueux taureau fonçait dans la nuit noire.

CHAPITRE 24

Les confitures de famille.

Lucien téléphona vers huit heures, en disant qu'il viendrait chercher son ami dans l'heure, pour aller chez l'avocat. Le policier ajouta qu'il ne devait pas rester tout seul à se morfondre avec le chat, ce qui était vrai. Sous le regard étonné de Zébulon, Ferdinand avait tourné en rond toute cette nuit maudite. Il n'avait presque pas dormi et avait tué ses insomnies en tapant dans les murs. Seuls quelques verres de whisky l'avaient abruti, toujours inconsolable. Lucien venait de lui dire que le bateau de Gaspard était sous surveillance et que le jeune moussaillon n'était pas réapparu. Dans un sursaut, Ferdinand se dit que c'était son devoir de retrouver ce jeune sans famille auquel il s'était attaché.

*

Lucien arriva dans son véhicule personnel, suivit d'une voiture de police, avec deux collègues en uniforme qui stationnèrent devant la boutique. Ils commencèrent la recherche d'indices sur la mort de

Gilbert. Ferdinand donna son accord pour une fouille en règle. Le vieux marin dicta des consignes pour Zébulon, afin qu'il ne se sauve pas dans la rue pour mourir lui-aussi. La bête noire aux yeux verts, roulée en boule sur des sacs de fripes n'avait pas l'air décidée à s'enfuir. Elle suivait docilement les deux policiers. Ils commencèrent immédiatement leur inventaire par la mezzanine et la salle de douche. Ferdinand s'en alla, tranquillisé sur le sort du chat. Sur le trajet, Lucien lui fit part des investigations en cours et à venir. On aurait dit qu'il se parlait tout bas.

— Ils vont aussi fouiller toutes les caves et interroger les voisines du couloir. Elles ont peut-être vu quelque chose dans la journée, quand elles étaient plus sobres. Et puis, il y a aussi les deux autres jeunes absents, hier soir. Ils habitent les studios trous à rats, dans le couloir. La cave de Gilbert servait de réserve à bocaux, on en a trouvé beaucoup, bien rangés sur une étagère, donc quelqu'un y allait souvent, peut-être quelqu'un d'autre que Gilbert. Il y avait aussi un pot de confiture éclaté par terre pour le petit-déjeuner des rats. C'est bizarre, car il y en avait encore dans le bocal, comme si la casse était récente et que les gros rats venaient juste de l'entamer. Je me demande pourquoi on n'a pas ramassé la verrine cassée. C'est un peu comme si on était trop pressé, ou qu'on craignait de s'attarder, conclut Lucien songeur.

Ils arrivèrent chez Maître Dupré à huit heures trente. La servante, grande et maigre piétina un moment derrière la porte avant de leur ouvrir et jeta un regard las à la carte du policier. Elle les mena au salon où l'avocat prenait son petit-déjeuner, en lisant son journal.

— Ah mon ami, dit l'avocat d'un ton mordant en s'adressant à Ferdinand, toujours aussi matinal, habitué à débarquer sans prévenir ! En plus, vous voilà bien accompagné à ce que je vois, qu'est ce qui vous amène ?

— On a retrouvé Gilbert mort d'une overdose en début de nuit, murmura le vieux marin.

Ferdinand était blême, après avoir réussi à articuler la triste réalité. Il s'approcha d'une chaise de la table, sentant qu'un malaise montait sous son immense fatigue. Lucien le força à s'asseoir devant l'avocat qui, sous l'effet de la surprise, renversa le reste de son café sur la nappe en dentelle claire.

— Grand Dieu ! lâcha Maître Dupré surpris, je n'étais pas au courant, c'est arrivé comment ? Apportez-lui à boire Martine !

Ferdinand but doucement le verre d'eau qu'on lui donnait. Il sentait que sa tête lui tournait, que ses palpitations cardiaques s'accéléraient. Il était devenu livide, ruisselant de sueur, au bord de la syncope. Lucien lui déboutonna sa doudoune et sa veste doublée puis continua à expliquer les faits à sa place en lui mouillant un peu les tempes avec une serviette brodée.

— On l'a trouvé à la cave, il s'est piqué au cou avec un mélange de cocaïne et d'héroïne. On ne comprend pas pourquoi il a fait ça au sous-sol, avec les rats. Même si Ferdinand avait un double des clefs de l'atelier, il ne pouvait pas savoir quand il reviendrait et pouvait être tranquille pour se piquer dans son lit, expliqua le policier sans regarder l'avocat.

Le Maître regarda Ferdinand avec un éclair de compassion dans le regard et prit un ton condescendant qui transpirait malgré tout l'absence d'empathie.

— Mes sincères condoléances mon pauvre ami. Les suicidés comme certains animaux se cachent pour mourir. Gilbert ne voulait peut-être pas qu'on le trouve tout de suite, surtout s'il pensait que vous pouviez débarquer à l'improviste comme vous aimez bien le faire.

Lucien humidifia le front de son ami et s'installa aussi à table, sans y être invité.

— Ou alors il a été tué. Son corps ne porte pas d'autres traces de piqûres, ce n'est pas normal qu'il ait décidé subitement de se piquer maladroitement au cou, sans essayer d'abord les bras, il fumait régulièrement des joints ? demanda Lucien en observant l'avocat en douce.

— Pas en ma présence ni quand il était à la maison, je ne l'aurai pas toléré ! lança le vieillard sur un ton offensé, à l'idée que quelqu'un d'aussi vulgaire à son goût puisse le soupçonner de laisser faire n'importe quoi chez lui.

— Savez-vous comment marchait son business, vous lui donniez de l'argent ou alors il vous en réclamait ? reprit Lucien sans élever le ton, préférant continuer à détremper la belle serviette brodée.

Le vieil avocat étala l'eau sur la nappe en dentelle de sa main à la grosse chevalière en or.

— Bien sûr, que je l'aidais tous les mois et aussi un de ses amis, qu'il avait embauché pour sa boutique, reprit-il en continuant son petit ménage. Il ne pouvait pas souvent le payer. Vous ne pensez tout de même que ses fripes à dix euros ni sa peinture noire lui permettaient de vivre convenablement ? N'importe qui n'est pas " *Pierre Soulages !* " Il avait l'habitude ici, de ne manquer de rien. Chez lui, il ne s'en sortait pas avec ses factures, il avait tout le temps besoin d'argent ! Je lui faisais des versements réguliers, vous regarderez sur son compte bancaire. En échange, il se croyait obligé de me donner ses peintures, ajouta-t-il d'un ton dégoûté, en tendant le bras vers le couloir sombre qui menait à plusieurs portes.

Il y a eu un long silence et Ferdinand, qui avait retrouvé quelques couleurs, se leva pour se dégourdir les jambes et aller voir la galerie d'art du couloir. Lucien resta assis à table et examina les gestes lents et précis de la servante qui débarrassait. Elle posait sur un grand plateau d'argent, la tasse en porcelaine fine, le beurrier et le pot de confiture à l'étiquette peinte finement à l'aquarelle.

— C'est vous qui faites les confitures ? C'est original ce mélange, fruits et herbes aromatiques, ça doit être bon pour la santé le mélange thym, citron, miel et les étiquettes sont très belles.

La servante grande et maigre ne répondit pas et s'empressa de faire une boule de la nappe tachée et des serviettes salies pour disparaître dans l'office. Lucien se retourna pour regarder ses fesses plates et sa poitrine menue sous son tablier. Elle pouvait avoir dans la soixantaine. Elle avait un aspect sobre et soigné, avec des cheveux gris coupés à la hauteur du menton et une frange courte qui mettaient en valeur ses yeux noirs perçants et ses sourcils épilés.

 Ses mains étaient grandes et osseuses et ses jambes longues étaient portées par des pieds fins chaussés de mocassins, genre quarante. On aurait dit un ancien mannequin de mode.

L'avocat suivit le regard insistant du policier.

— Ne vous alarmez pas, dit-il en secouant les mains, elle parle très peu car c'est une ancienne sourde-muette. Elle entend un peu mieux depuis qu'on lui a posé un implant électronique, mais elle parle très mal. Elle a toujours été complexée pour ça.

— Elle est à votre service depuis longtemps, quel est son nom ? demanda Lucien en cherchant une page blanche dans son carnet bien rempli.

—Plus de trente années, elle s'appelle Martine, je n'ai jamais eu à m'en plaindre, même quand elle s'occupait de Gilbert avec mon épouse. Elle l'adorait, ça va lui faire un choc. Elle est très dévouée et efficace. Et puis comme vous l'avez constaté, ajouta l'avocat en haussant les sourcils, elle ne discute pas mes ordres comme le faisaient ma fille et sa mère. C'est un soulagement de l'avoir à mes côtés depuis leurs décès. Gardez son pot de confiture, vous m'en direz des nouvelles et ça ne lui manquera pas, elle en fait cuire tout le temps. Elle peint les étiquettes une à une, toutes des pièces uniques, un vrai travail d'artiste !

Il se leva pour aller regarder le parc qui dominait la mer, contemplant longuement sa propriété.

— Pour en revenir à Gilbert, dit-il froidement sans se retourner, je m'occuperai bien sûr des obsèques quand les formalités seront terminées et qu'on me rendra le corps. Il nous manquera, son mal-être l'aura finalement rattrapé, ajouta-t-il en faisant semblant d'y croire. Il n'était plus du tout positif depuis son accident de moto et se plaignait souvent d'avoir mal, même avec tous les médicaments qu'il avalait. C'était un changement radical de personnalité, il avait des colères noires, je ne le reconnaissais plus. Je l'ai toujours aidé comme j'ai pu, mais il était fragile nerveusement, dépressif. Il avait des tendances paranoïaques et disait que tout le monde lui en voulait. Il tenait peut-être ça d'Irène...

Il revint s'asseoir dans son grand fauteuil Voltaire rouge et pour signifier que l'entretien était terminé, il sonna sous la table. La servante apparut pour reconduire les visiteurs du matin. Lucien en profita pour noter son nom et son adresse, sans l'entendre faire une phrase complète, car elle préféra lui tendre sa carte d'identité, au nom de Martine Blain née le 28 juin 1956 à Bayonne et domiciliée à l'adresse de l'avocat.

Elle émettait un genre de grognement précipité qui n'aboutissait pas à quelques mots audibles. Lucien sortit de sa poche le pot de confiture entamé que le Maître l'avait autorisé à prendre. La femme s'agita puis le saisit par le bras pour l'emmener à la cuisine. Sans avoir rien à cacher, elle ouvrit en grand le placard encastré, puis elle tendit à chacun des deux hommes un pot de mélange orange, pomme, cannelle, clous de girofle.

Lucien remercia et lui demanda quand même son emploi du temps de la veille. Sur son cahier de recettes de confiture, elle écrivit : " *je suis allée en ville faire les courses aux Halles et je suis rentrée sans ressortir, car j'avais à faire ici, la maison est grande* " Elle hocha bizarrement la tête pour voir si le policier acceptait ses explications. Comme dans un échange dans une langue étrangère, Lucien leva le pouce pour signifier qu'il était satisfait et se tapa le ventre en montrant le pot de confiture pour dire qu'il allait se régaler. Il demanda encore si elle portait souvent des conserves à Gilbert ou s'il venait les chercher. La femme écrivit : " *parfois, oui, parfois, non, il y a longtemps que je ne l'ai pas vu* ". Ferdinand décida de lui annoncer la mort de son fils, sans trop savoir si elle connaissait la nouvelle. La femme tressauta nerveusement et sa figure s'anima de tics désordonnés avant qu'elle secoue affirmativement la tête. Elle posa sa main sèche sur l'épaule du vieux marin et fit le geste d'essuyer ses yeux puis écrivit :" *il en avait assez de sa vie et faisait beaucoup de bêtises, comme sa mère* ".

Les deux hommes traversèrent le parc sous la pluie, certains de ne rien obtenir de plus. Lucien dit qu'il trouverait un traducteur en langue des signes pour la prochaine visite et donna son impression sur l'entretien.

— La servante a reconnu qu'elle donnait des confitures à ton fils. Gilbert était costaud, encore plus grand qu'elle, ça ne nous mènera nulle part, si on part du fait que ton fils ne s'est pas piqué tout seul. Je ne pense pas non plus, qu'elle ait un mobile suffisant, elle l'a élevé quand même. On n'est pas très avancé. On va aller voir la copine de Gaspard, on apprendra peut-être des choses importantes.

Ferdinand hocha la tête sans répondre. La dernière fois qu'il avait vu son fils, il se rappela que le jeune Gaspard était déjà introuvable. Le vieux marin était dans un état d'anxiété épouvantable. Il avait cru à la culpabilité de Gilbert pour l'agression, les menaces de maître-chanteur et les incendies. Maintenant, son fils n'était plus là. Tout cela se bousculait dans sa tête, avec des questions sans réponse.

— Tu sais, si je veux être honnête, dit-il enfin à Lucien, Gilbert en voulait à tout le monde. Beaucoup de gens doivent être contents qu'il ne soit plus là.

CHAPITRE 25

Le bout du tunnel.

Les deux marins sonnèrent chez Marie Delaunay vers midi trente. Une belle fille blonde d'une vingtaine d'années coiffée en pétard, leur ouvrit avec des écouteurs dans les oreilles. Elle les fit asseoir dans le salon tout en bois de palettes, près d'un gros chat rouquin, qui dégagea en miaulant de mécontentement. Marie proposa un café aux deux hommes. Lucien commença son interrogatoire et demanda s'il elle savait où était son amoureux. Elle avoua qu'elle ne l'avait pas vu depuis trois jours, après une soirée crêpes :

— La soirée ne s'est bien pas terminée, avoua la fille embêtée. Ils se sont engueulés avec Gilbert, ils avaient trop bu tous les deux. Je n'ai pas revu Gaspard depuis, mais on ne se voit pas tous les jours, on a chacun sa vie.

— Ils se sont disputés pourquoi ? demanda Lucien en gribouillant sur son carnet.

— Ben, la boutique marchait mal et Gilbert voulait changer de vie, rapporta Marie. Il est arrivé tout excité en disant que ça allait bientôt être son " *quart d'heure de célébrité* ". Il voulait fermer l'atelier et aller à Paris. Du coup, Gaspard n'était pas content, car il n'aurait plus de boulot, il aimait beaucoup l'atelier, même si c'est vrai que cela ne marchait pas fort.

— Ah, dit Lucien, Gilbert le payait combien tous les mois, il avait des bulletins de salaire ?

— Pas grand-chose, entre deux et trois cents euros, ça dépendait du chiffre d'affaires, mais Gaspard n'a pas besoin de beaucoup de choses et on l'aide avec sa nounou. Gilbert lui donne aussi des conserves et des confitures. Il y a assez de fripes à l'atelier pour se changer tous les jours, ça fait partie de son salaire et Gilbert le nourrit à la boutique, en plus de le loger dans son camion. Gaspard s'en sort plutôt bien, il est débrouillard et se contente de peu de chose, conclut Marie admirative.

Lucien lui demanda s'il lui restait un pot de confiture, donné par Gilbert. Elle apporta, en se dandinant sur un air qu'elle seule entendait, un vieux pot collant, entamé depuis longtemps. Elle dit qu'il n'était pas fameux, avec un goût de médicament, à cause des nombreux clous de girofle. Ferdinand remarqua le minutieux dessin d'une corbeille en osier d'où débordaient des raisins blancs et noirs, avec quelques grappes rouges de groseilles appétissantes l'aquarelle. Il fit un clin d'oeil à Lucien. Le pot était semblable à ceux trouvés dans la cave et chez l'avocat.

— On partageait tout, même les pots de confiture, reprit Marie en regardant la verrine qui tournait dans les mains des enquêteurs. On est ensemble depuis deux ans, même s'il préfère dormir sur son bateau dès qu'il peut. Moi, je n'aime pas trop le rafiot, ça sent vraiment l'humidité l'hiver et puis l'été, il y a des moustiques et surtout, pas d'eau courante, de douche, de WC.

— Et sa nounou, vous la connaissez bien ? Vous êtes souvent allée chez elle ? reprit Lucien en reposant le pot de confiture un peu moisie.

— Ah oui, Suzanne, elle est super chouette, dit-elle d'un ton enjoué. Elle est toujours à nous donner quelque chose pour nous aider, même si elle n'a pas beaucoup non plus. Depuis la mort de son mari, sa retraite est trop juste, du coup elle fait la cuisine aux gens du village, pour arrondir ses fins de mois. C'est sympa et familial et ça marche du bouche à oreille.

— Et le petit sur cette photo, vous le reconnaissez ? Vous avez déjà vu cette photo chez la nounou ? demanda Ferdinand en lui présentant son téléphone.

— Bien sûr, répondit la fille sans hésitation, c'est Gaspard, il y a la même photo sur le buffet de Suzanne.

Lucien pensa que le moment des révélations était arrivé.

— La maison de Suzanne Serra a brûlé en début de semaine avec tous les souvenirs dedans, mais l'important, c'est qu'elle soit saine et sauve, elle était partie jouer aux cartes avec des copines, dit-il sans ménagement.

— La pauvre ! lança Marie en se tenant la tête, heureusement qu'elle n'était pas là, ça doit lui faire un choc ! Et puis, c'est embêtant pour les papiers et les affaires. Elle est où maintenant, vous me donnerez l'adresse ?

— Elle loge chez son frère, répondit Lucien sans plus de précision. Pour continuer avec les papiers, savez-vous si quelqu'un la payait pour élever Gaspard ?

— Elle recevait un virement tous les mois, répondit la fille au bout d'un moment. Gaspard m'en avait parlé et surtout d'une lettre, l'avisant qu'elle ne toucherait plus rien, quand il serait majeur. Mais je ne sais pas de qui, ni d'où, ça venait. Gaspard disait aussi que ses parents se déculpabilisaient en payant quelqu'un pour l'élever et qu'il trouvait ça très moche.

— Et Gaspard n'a jamais cherché à savoir qui payait la nounou ? insista Ferdinand.

— Il disait que c'était des horribles et qu'il n'a pas besoin de les connaître pour se tourner vers l'avenir. Et puis Gilbert est là pour l'aider en cas de coups durs. Il le fait souvent, même s'ils se disputent, avoua la fille en levant les yeux au plafond.

Lucien se racla fort la gorge en regardant Ferdinand qui baissait les yeux.

— Justement, il y a aussi une autre chose qui nous amène, dit le policier d'une voix douce. Gilbert a été retrouvé mort hier soir, dans sa cave, victime d'une overdose. Savez-vous s'il fumait souvent des joints ? demanda t-il sans lui laisser le temps de réagir trop fort.

— C'est pas vrai ! cria la fille en se reculant horrifiée. Gilbert mort d'une overdose, ce n'est pas possible, il ne se piquait pas ! Il fumait un peu d'herbe de temps en temps, mais il disait qu'il n'avait pas envie d'être dépendant d'autre chose que de la morphine dans ses médocs, ça, il en avalait beaucoup. Mais se piquer, sûrement pas, ça doit être une erreur !

Marie retourna vivement à la cuisine, pour revenir avec un sac de pharmacie contenant deux boîtes d'antalgique puissant, que Gilbert avait laissé. Lucien écrivit méthodiquement le nom des médicaments pour ne pas les déformer et trouva aussi une ordonnance pliée dans le sac avec l'indication du nom du généraliste. Avant de partir, Ferdinand nota la nouvelle adresse de Suzanne sur un papillon adhésif jaune. Dans la rue, Ferdinand demanda à son ami :

— Tu crois que j'ai bien fait de donner l'adresse du frère de la nounou ? Il faudra peut-être faire surveiller la maison.

— C'est déjà fait. La petite à l'air sincère, visiblement elle ne sait pas où est passé son Gaspard et n'a pas l'air inquiète, puisqu'ils ne se voient pas tous les jours. S'il n'est pas réapparu demain, on lancera un avis de recherche. Il a quand même un bon mobile. Il faut le trouver le lascar ! Et pour Gilbert, je crois qu'elle ne savait pas non plus. Celui qui nous intéresse aussi, c'est le copain allemand, murmura Lucien comme pour lui-même, il ne s'est plus rendu au Palace depuis deux jours, on a aussi un avis de recherche.

Ferdinand sortit doucement sa pipe en écume blanche.

— On va sûrement en trouver des tas à qui il faisait des misères. Je n'aurai jamais cru qu'on pouvait changer comme ça après un accident. Il était si gentil quand il était petit, souffla Ferdinand, le regard vague .

CHAPITRE 26

Progressions.

Ferdinand, les yeux humides, bourra sa pipe qu'il alluma sur le parking du commissariat avant de rejoindre son ami policier. Devant la porte du bureau de Lucien, un fonctionnaire en uniforme était assis près d'un jeune très pâle aux grosses lunettes noires et aux cheveux frisés. Le fonctionnaire se leva pour saluer son chef et annonça la couleur, avec un accent du sud très prononcé :

— C'est le rez-de-chaussée de l'atelier du petit-fils Dupré, il a des choses à vous dire chef, j'y ai pas mis les pinces, il est calme. L'autre locataire n'habite plus là depuis six mois, on le cherche.

Lucien installa les deux hommes dans son bureau et demanda à Ferdinand de refaire du café, car la cafetière, restée allumée depuis le matin, avait déposé une croûte noire, dans le fond de la verseuse. Il invita le brigadier Dumas, qui attendait avec son iPad à la main, à rester pour prendre des notes et vérifia l'identité du jeune, mal à l'aise, qui se tordait les mains.

— Tu t'appelles Frédéric Leprince, dit Freddy *the King*, tu habites dans le couloir qui jouxte l'atelier de Gilbert Dupré, près de l'aquarium. Tu étais absent le soir de la mort de Gilbert, mais tu déclares avoir des choses à nous dire, on t'écoute.

— Le soir de la mort de Gilbert, commença le jeune intimidé, je suis resté à Pau, chez ma mère, avec de la famille, j'ai donné l'adresse à vos collègues. Quand je suis rentré, j'ai trouvé vos hommes qui fouillaient les caves et interrogeaient mes voisines, Charlotte et Alix. Je me suis présenté et ils ont tout de suite voulu entrer chez moi. Ils m'ont poussé violemment en me disant de la fermer, quand j'ai demandé s'ils avaient un mandat. Je ne voulais pas qu'ils entrent et qu'ils trouvent mon labo...

Le brigadier Dumas intervint pour présenter une photo de la pièce réservée aux plantes.

—On a trouvé neuf kilos de tête de cannabis, chef, un vrai labo de culture avec tout le matériel nécessaire. On a saisi pour cinq mille euros de matos. Il y avait des boîtes éclairées et ventilées, des engrais, des nutriments pour plantes, tout le bazar du petit jardinier, mais c'est en vente libre. On a trouvé aussi des ventilateurs, des thermostats pour maintenir la température autour de vingt-huit degrés en permanence.

Hervé Dumas chercha encore dans les photos de son iPad.

— J'en ai d'autres, chef ! dit-il en faisant défiler les clichés d'un humidostat servant à contrôler l'humidité ainsi que d'un système d'extraction d'air. C'est pour ça que ça ne sentait pas dans le couloir. On voit aussi des lampes avec des minuteurs, en plus d'un écran réfléchissant pour une lumière optimale sur les plantes. On a trouvé également des grilles de séchage pour les bourgeons. Il nous a déclaré que c'était une plantation médicinale et qu'il envoyait sa production à l'étranger pour qu'on la transforme en tisanes ! Il nous a dit que le chanvre thérapeutique, c'était le pétrole vert de demain, ça explique qu'il y ait de plus en plus de jardiniers en herbe ! On a saisi son livre de comptes, il y a le total du *business*, douze mille euros l'année dernière. Dans une boite à biscuits, on a trouvé aussi cinq mille euros en petites coupures.

Lucien repoussa l'iPad et se mit à rire en examinant le jeune étudiant à lunettes.

—Rien que ça ! Tu arrondis tes fins de mois pour la recherche médicale et tu vas finir sur le marché, aux halles de Biarritz, par vendre ta pharmacie en potion miracle aux grand-mères rhumatisantes ! Il faudra quand même que tu replantes, parce que d'après le rapport, tout a été emmené. Moi, je suis plutôt intéressé par tes rapports avec Gilbert, vous vous connaissiez bien ? Il était un de tes clients ? Il venait te voir avec d'autres copains ?

Le jeune Freddy remonta ses grosses lunettes noires et s'éclaircit la voix.

— Gilbert souffrait beaucoup et il m'achetait des bourgeons pour ses douleurs. Il venait souvent, toujours seul, boire un thé au beurre de cannabis, une de mes spécialités. Je lui servais aussi de la glace menthe choco à l'herbe ou du gâteau au chocolat fait avec le beurre de cannabis, c'est la base de tout. Il disait que ça le détendait et qu'il avait moins mal après. Il a toujours été réglo et payait en avance. Parfois, il était très agité, comme un autocuiseur qui vibre trop fort. Je l'aidais à faire échapper la vapeur pour qu'il n'explose pas. En échange, il m'apportait des conserves et des confitures que faisait la servante de son grand-père. Je l'ai déjà vu quand elle apportait les cartons avec lui à la cave. Elle était très forte malgré qu'elle soit maigre, une force d'homme, je dirais. Une fois, je l'ai vu soulever ensemble deux cartons de grands bocaux de légumes pour les ranger sur l'étagère du haut.

Lucien continuait à prendre des notes sur un calepin noir, malgré la présence du brigadier geek à ses côtés.

—Jamais Gilbert ne t'a mal parlé ou menacé ?

— Non, je vous l'ai dit, il était toujours réglo, même si je faisais attention quand même, en restant toujours calme. C'est sûr que s'il n'avait pas eu son thé ou son gâteau, il aurait pu s'énerver, c'était une force de la nature, malgré son handicap. La servante était aussi costaud que lui. J'ai trouvé qu'elle avait un dos et des bras très musclés, un peu comme une nageuse de compétition. La veille du drame, c'est moi qui lui ai ouvert. Gilbert m'avait laissé la clef de la cave, pour que je me serve dans les conserves quand je voulais. La femme rangeait vite et bien, efficace, forte, j'ai pensé que pour une vieille, c'était épatant. Ma mère n'a pas beaucoup de résistance physique et est à peu près du même âge, voilà pourquoi je dis ça.

Le jeune homme reprit le malaxage en règles de ses doigts qu'il faisait craquer de façon énervante. Il signa sa déposition imprimée par le brigadier Dumas, sans rechigner, car il savait que "la descente sur site", autrement dit, le flagrant délit, ne lui donnait pas beaucoup de marge d'action, pour échapper à l'inculpation de fabrication et production de produits stupéfiants. Il savait aussi qu'il risquait gros. Lucien le regardait pâlir et se casser les doigts.

— Ne t'inquiète pas, dit-il au jeune, je vais faire mentionner ta participation volontaire à l'enquête, ça devrait compter, en plus de ton casier judiciaire vierge et de ton cursus universitaire en pharmacie. Après, il te faudra quand même un bon avocat, quand tu vas aller devant le Tribunal malgré ton alibi, le soir du meurtre de Gilbert.

Ferdinand eut un mauvais sourire et se demanda si le beau-père accepterait de défendre cette cause-là, quand même un peu perdue d'avance, pas sûre qu'elle soit sa tasse de thé, avec ou sans herbe dedans. Lucien fit raccompagner le jeune jardinier en lui demandant de ne pas quitter la ville et d'attendre sa convocation devant le tribunal. Ferdinand attendit que la porte se referme.

— En voilà encore un qui aurait pu avoir des problèmes avec Gilbert, donc un bon mobile, tu crois qu'il dit la vérité ?

— On ne peut rien exclure, lâcha Lucien. Effectivement, cela peut être une dînette qui a mal tourné.

CHAPITRE 27

Les avancées.

Lucien lu aussi sur l'iPad le premier compte-rendu de la perquisition de l'atelier. Il félicita son jeune collègue pour sa rapidité d'exécution. Hervé était le geek du service. Il notait tout sur sa tablette personnelle, vestige de ses années de lycée, qui fournissait l'appareil avec une location-vente mensuelle payée par les familles. Après le bac, les lycéens pouvaient garder leur outil de communication virtuel, que leur famille avait déjà payé. Le jeune Brigadier Hervé Dumas avait décidé, en entrant dans la police, que c'était beaucoup plus rapide que de donner un rapport mal écrit à taper, à une secrétaire débordée.

— J'ai trouvé une clef USB dans une cannette de coca vide, chef, reprit-il d'un ton enjoué. Il y a bien dessus un livre sous Open Office Writer, je l'ai imprimé, plus quelques photos qui peuvent vous intéresser. Dommage que l'ordinateur ne soit pas là pour en raconter davantage. Sinon, je vous ai apporté ce qu'on a trouvé dans la salle de bains, ajouta le Brigadier en posant un carton sur une chaise, c'est plein de médocs anti-douleurs, mais il n'y a pas de seringues.

Avec des yeux émerveillés comme devant un cadeau de Noël, Ferdinand s'empara du livre agrafé pour le feuilleter. Il avait en mains l'original du manuscrit anonyme envoyé à Jean-Martin Dupré. Ferdinand composa tout de suite le numéro de Jean. L'écrivain-journaliste ne décrocha pas tout de suite, laissant le soin à son interlocuteur de s'annoncer sur le répondeur.

— Excusez-moi Ferdinand, dit enfin Jean, un peu gêné, je ne suis plus tranquille quand le téléphone sonne ou que le courrier passe sous la porte, un vrai pépère effarouché, ça m'arrive de sursauter, j'ai un peu honte de vous l'avouer, j'espère que ça va me passer ! Vous avez du nouveau et surtout du positif ? J'en ai bien besoin...

— Je vous appelle pour vous dire qu'on vient de retrouver une clé USB où se trouvait l'original du livre qu'on vous a envoyé, j'espère que vous n'avez pas fait de démarches pour le payer ?

— Je n'ai encore rien fait, car mon éditrice m'a dit que ce torchon ne me rendrait sûrement pas très populaire et que payer n'arrêterait pas les menaces, vous m'aviez dit la même chose, donc je n'ai pas bougé, mais j'y pense jour et nuit, murmura l'écrivain .

— Tant mieux si vous n'avez pas payé. Je peux vous affirmer que votre maître-chanteur ne sévira plus, car il est mort, c'était mon fils Gilbert, avoua Ferdinand d'une voix émue.

— Mon pauvre ami ! Quel malheur ! Toutes mes condoléances ! Vraiment, je le trouvais si sympathique, si courageux, son histoire était si touchante, je vais mettre du temps à réaliser, il est mort comment ? demanda Jean consterné.

— Je crois que tout est lié et que tout nous ramène chez son grand-père ou auprès de ses mauvaises fréquentations, vous connaissiez son nouveau copain allemand, un journaliste du nom de Josef Krung ?

—Le nom me dit quelque chose, mais ce n'était pas un journaliste, juste un pigiste travaillant pour une feuille de chou gauchiste répondit Jean-Martin Dupré, après une courte réflexion. Il avait mauvaise réputation. J'espère que l'Allemand n'a rien fait commettre de préjudiciable à Gilbert. Il faudrait voir avec mon frère, il m'a dit qu'il menait son enquête, c'est son dada, la bonne réputation de la famille. Il m'a dit qu'il devait emmener Gilbert au cocktail d'ouverture du G7 car votre fils insistait, j'ai trouvé ça aussi saugrenu que mon frère...

Ferdinand nota les renseignements sur son petit bloc jaune qu'il tendit à Lucien avant de raccrocher. Le policier lui tendit une photo avec en fond le rocher de la Vierge, on voyait l'avocat jeune, en maillot de bain fleuri. Près de lui, il y avait un grand jeune tout sourire qui ressemblait comme deux gouttes d'eau à la servante ! Ces yeux noirs et perçants fixaient l'objectif, ce regard ne pouvait pas être confondu avec un autre avec ses sourcils très clairs, comme épilés. Il y avait aussi une photo prise lors d'une fête costumée, où l'avocat posait souriant et déguisé en charlot, mais avec une ombrelle à la main, les yeux fardés de noir, dans un joyeux groupe aux costumes chamarrés. La servante portait une grosse moustache noire bien taillée et une veste de maître d'hôtel, sans chemise. Son torse nu, velu et sexy, bombait fièrement vers le photographe.

— C'était peut-être un anniversaire à thèmes, c'est une photo de jeunesse, on a tous fait ça. Moi aussi, ça m'est arrivé de me déguiser et de mettre des talons hauts, pour chanter dans des fêtes bien arrosées au nouvel an, avec de gros nichons en latex, ça ne veut rien dire et puis ce n'est pas interdit, dit simplement Ferdinand, un peu

243

choqué de voir ainsi son beau-père.

—Peut-être, dit Lucien en examinant toujours les clichés à la loupe, mais on va quand même retourner demain à la" *Villa l'Aurore*" pour montrer ces photos à ton beau-père, il faudra qu'il nous explique un peu ces métamorphoses. Surtout, il faudra qu'on parle avec la servante pour élucider l'apparition d'un jumeau ou alors, c'est un changement de sexe, je pencherais pour la deuxième hypothèse. Mais là, ça donnerait des relations un peu contre nature, avec ton beau-père, ça déboulonnerait sa statue de père la vertu. On risque de tomber de notre armoire ! On va aussi demander des infos sur Blain. Envoie sa photo à l'écrivain, pour voir ce qu'il en pense et viens voir les photos de ton fils, il y en a pas mal d'autres. On dirait que la servante a beaucoup changé en quelques années et pas seulement de coupe de cheveux ! J'attends encore pour demander un mandat, si on n'a pas assez de biscuits, le Juge ne voudra rien entendre !

Le téléphone de Ferdinand chanta. C'était Jean-Martin Dupré qui avait examiné la photo de Martine Blain. Il venait de reconnaître le Martin qu'il avait connu dans sa jeunesse, le fils des commerçants charcutiers de son enfance. Il affirma que la famille Blain n'avait pas d'autre enfant que son copain de classe. Lucien demanda une recherche au brigadier geek. Il était tard, rien ne tomberait plus ce soir, il éteignit les lumières du bureau. Lucien proposa à Ferdinand de le déposer chez Gilbert mais son ami préféra retourner au bateau de Gaspard pour voir si le jeune moussaillon n'était pas réapparu.

*

Quand il franchit la passerelle en saluant Lucien qui s'éloignait, il avait décidé de s'activer pour ranger sérieusement la cabine. Il faisait toujours ça quand il était soucieux, ranger, nettoyer, une vraie fée du logis, ça lui aérait la tête. Ce soir-là, il était très perturbé. Son fils était mort. Maintenant, Gaspard avait disparu. Quelqu'un faisait chanter l'écrivain avec un livre sur sa vie, après l'avoir tabassé et en plus, les incendies se multipliaient.

Il commença à remplir des sacs-poubelle avec la vaisselle moisie, les vieux bocaux, les cannettes vides, les journaux jaunis, tant pis pour le tri. Quand il eut sorti deux gros sacs pleins sur le pont, il attaqua l'inventaire d'un carton de papiers humides.

Il les tria par genres, les factures, les relevés de comptes, les bulletins de salaire. Il effectua un vrai tri, comme il devait encore le faire chez Gilbert.

Il pensa que l'atelier devait être dans un triste état et se dit qu'il devrait ressortir après le rangement, pour voir si Zébulon ne s'était pas sauvé. Au milieu du tas de papiers, il trouva une photo de Gaspard bébé, dans les bras de sa nounou. Derrière le cliché, quelqu'un avait écrit "*Suzanne et Gaspard 2002* ".

Il examina attentivement la photo sous la lampe-tempête puis la fourra dans sa poche.

Il reforma le carton ramolli avant de s'en aller et découvrit collé dessous, une lettre à moitié pourrie par l'humidité dont il manquait des mots.

Elle était signée de la nounou et datait de 2017." *Mon Gaspard, je n'aurai plus... L'avocat...normal puisque tu vas devenir majeur...*" Le reste de la lettre était rongé de pourriture noire, déchiré et collé à l'enveloppe auréolée de salpêtre, c'était complètement illisible. Ferdinand regretta que le nom de l'avocat ne soit pas mentionné. Il replia le morceau de papier fragile pour le glisser dans son porte-feuille avant de repartir à l'atelier. Le ciel était dégagé et on pouvait voir les étoiles. Ferdinand marchait le nez en l'air, sans même s'apercevoir qu'une ombre fine et noire le suivait au loin jusqu'à la station de taxi.

Dans le ciel étoilé, le vieux marin trouva *Mizar*, l'étoile du milieu qui forme le manche de la" *grande casserole*". Elle est connue pour posséder un compagnon, *Alcor*, un vrai défi d'acuité visuelle de la trouver. Ferdinand fit le souhait de retrouver Gaspard-Alcor quand il monta dans la voiture. Il retrouva la boutique presque ordonnée, rangée par les policiers. Il ne croyait pas le jeune moussaillon coupable. Il referma vite la porte de l'atelier, dès qu'il vit Zébulon rappliquer en miaulant de faim. Il nourrit le chat et fouilla un peu sous le comptoir pour en dénicher de quoi s'abreuver. Il pensa qu'il filait un mauvais coton en picolant tout seul, tous les soirs pour s'abrutir. Il se dit que c'était justifié et siffla au goulot un reste de gin, en plus d'un fond de whisky. Ferdinand pensa que ce n'était pas une bonne idée de rester vivre dans l'atelier de son fils. Il y avait trop de souvenirs entre les murs et plutôt des mauvais pour lui. Il ne pouvait pas avancer dans ce décor-là. Il regrettait de n'avoir pas connu de bons moments, des fêtes, des rires. En finissant la deuxième bouteille, il pensa qu'il allait retourner dans un lieu neutre, dès le lendemain soir et dormirait dans le van vert. Il prit le chat pour monter jusqu'à la mezzanine et dormit jusqu'à l'aube d'un sommeil de marin après une tempête, avec Zébulon roulé en boule à sa tête. La

247

bête n'éjecta du lit qu'au matin, au bruit métallique de la vieille grille. Lucien la secouait comme un prunier, agacé et inquiet de devoir attendre qu'on lui ouvre.

CHAPITRE 28

Confessions matinales.

Après un café serré et un câlin au chat, les deux hommes reprirent le chemin de la "*Villa l'Aurore*". La servante au regard perçant les mena jusqu'au Maître, invariablement attablé devant un petit-déjeuner copieux. Sans attendre la moindre invitation, les deux enquêteurs prirent place à table, sous le regard courroucé de l'avocat.

— Les mauvaises manières de mon gendre vous déteignent dessus capitaine Andriani ! J'espère que vos révélations du jour vont me faire oublier votre impolitesse !

Sans répondre au trait d'ironie de prétoire, Lucien sortit de sa poche les clichés de Maître Bertrand-Henri Dupré, en maillot fleuri sur la grande plage et les photos costumées, pour les étaler sur la table. L'avocat chaussa ses lunettes qui pendaient à une fine chaîne autour de son cou et examina attentivement les clichés.

— Sur celle de la fête, vous voudrez bien nous dire si votre servante a une jumelle, un frère, ou encore, si vous la connaissiez avant de l'embaucher sous un autre nom, disons plus masculin ? Notez, que je ne juge pas et que c'est la liberté de chacun de changer de sexe, même si cela ne vient pas à l'idée de tout le monde, dit Lucien sur un ton neutre.

Il y eut un long moment de silence dont Ferdinand profita pour servir le café qu'on ne leur avait pas proposé. Il se dit que son beau-père n'avait toujours eu que mépris pour ses soi-disant mauvaises manières, dont le vieux marin n'avait jamais fait preuve, trop intimidé pour cela. Le jour était venu de montrer qu'elles pouvaient être bien réelles. Le vieux lui jeta un regard vague, sans rien dire. Enhardi, Ferdinand se servit d'un grand morceau de baguette fraîche dont il recouvrit les deux côtés d'une excellente confiture mûre, figues, menthe. Il tendit un côté du pain à Lucien qui le dévora en quelques secondes.

— Je n'ai pas bien compris votre réponse Maître, reconnaissez-vous au moins ces clichés ? insista Lucien en mastiquant son pain la bouche pleine.

— Ce serait difficile de vous dire le contraire ! Je me demande bien par quelles manigances vous les avez obtenus. Mais puisque vous les avez, d'autres peuvent les avoir aussi, dont le maître-chanteur de mon frère. Ce sont des photos anciennes, je venais juste de m'installer, je vous demanderai de bien vouloir ne pas les divulguer afin de ne pas me faire de tort, ce qui pourrait être regrettable pour votre fin de carrière...

— Gardez vos menaces Monsieur ! coupa Lucien d'un ton sec. Je n'ai plus que six mois à tirer et j'ai déjà préparé ma reconversion ! Dites-moi plutôt qui est l'homme qui ressemble tant à votre servante ? Et aussi, où vous étiez avec Martine, le soir de la mort de Gilbert ?

Le vieil avocat eut un ricanement étouffé et sonna sous la table.

— Vous pensez sûrement que j'ai eu une vie facile, correspondant au standing de ma profession, et bien, désolé de vous décevoir ! Quand j'étais jeune, rien n'était facile comme maintenant si on avait des tendances un peu excentriques, on va dire cela comme ça. Il fallait être rangé, marié, bon père de famille, rentrer dans un moule, ne pas dépasser en se faisant remarquer avec sa vie privée décalée, dans une société bien-pensante, catholique et formatée. Bref, il n'était pas question d'avoir des travers qu'on aurait jugé scandaleux, des pulsions contraires aux règles imposées par la morale chrétienne. Dans mon milieu, ça ne pouvait que nuire à ma carrière. Il fallait se cacher, si on était comme moi, attiré par les hommes. On vivait comme des bêtes traquées ! siffla le grand avocat, la mine décomposée.

La servante s'était approché doucement et se tenait derrière le Maître les mains dans le dos, les yeux fuyants. L'avocat lui prit le bras pour la ramener doucement près de son fauteuil.

— J'ai rencontré Martin quand je quittais les bancs de la facs de droit. C'était dans une fête. Il avait l'air si gai, si libre, alors que moi, j'étais si sérieux, si destiné à le rester, avec un chemin de vie tout tracé. Je me suis vite rendu compte que je l'enviais, qu'il m'attirait. J'ai combattu ce penchant autant que j'ai pu. Je me suis marié très tôt avec ma femme, rencontrée à l'université et puis nous avons eu Irène. J'étais rentré dans le rang, je m'affichais au bras d'une belle femme enceinte, mon cabinet commençait à bien marcher, mes amis enviaient ma réussite. Un jour que j'allais plaider au tribunal, j'ai retrouvé Martin, sur les bancs de la partie civile. Il s'était fait agresser par deux marins fous furieux, comme sont les marins saouls. Je n'ai pas résisté à l'attirance que j'avais pour lui en m'occupant de sa défense, c'est tout.

Il prit lentement la main du travesti qui le regardait admiratif. Ferdinand se serrait pincé pour être sûr de ne pas rêver. Son beau-père, l'avocat prétentieux, hautain qui ne suscitait souvent que mépris et sentiment d'infériorité se révélait touchant, presque attachant. Lucien restait silencieux, comme s'il en avait vu d'autres, avec quand même l'air un peu surpris.

L'avocat reprit ses confessions sans cesser de tenir la main de Martin Blain.

— Je devais le protéger de ses errances, de ses fréquentations, faire en sorte qu'il trouve sa place dans ce pauvre monde. Je devais aussi soigner l'apparence de ma respectabilité. Il n'était pas question de divorce, cela ne se faisait pas dans mon milieu il y a quarante ans, ça aurait fait scandale. Il n'était pas question non plus de quitter mon travail que j'aimais. Je n'aurais pas su quoi faire, je n'enseignais pas à l'époque. Alors, j'ai eu l'idée de l'embaucher à mon service, de lui confier ma maison, ma fille, Gilbert. Il a tout de suite été d'accord, mais, il voulait avoir un rôle de femme à mon service, c'était son rêve. Il ne voulait pas être mon secrétaire particulier en costume sombre ou mon jardinier traînant en sabots. Je lui ai obtenu de faux papiers, j'avais un client qui faisait ça très bien. Après, vous connaissez la suite, voilà plus de trente ans qu'il vit près de moi, j'en réponds comme de moi-même. J'espère que tout ce que je viens de vous dire restera entre nous, tant qu'il n'y a pas d'enquête officielle, même s'il y en a une d'ailleurs, conclut l'avocat en reprenant son ton hautain et faussement dégagé.

Lucien se racla la gorge en regardant Ferdinand qui faisait un pliage de bateau, avec un pense-bête de couleur. Une grosse mouche verte bataillait dans les rideaux à la recherche d'un bol d'air pur. Martin lâcha la main de l'avocat pour faire sortir l'insecte. Le policier regarda sa démarche assurée et demanda quelques précisions.

— Donc Monsieur Blain, vous vous occupez de toute la maison en faisant la cuisine, les confitures, de l'aquarelle, du jardinage, les courses mais vous avez aussi le rôle de secrétaire pour le courrier ?

L'avocat répondit à la place du fidèle serviteur, très concentré sur la sortie de la mouche.

— C'est exact, il s'occupe aussi du courrier. Je deviens vieux, il fait le tri et répond même aux mails, il est plus doué que moi en informatique, ce n'est pas ma génération. Il rédige aussi des lettres pour m'alléger un peu. Il a accès à toute ma correspondance, je n'ai rien à lui cacher. En ce qui concerne notre emploi du temps le soir du drame, nous avons regardé un documentaire tous les deux, pendant que ce pauvre Gilbert se faisait agresser. Aucun de nous n'est sorti, en ville ou sur la plage.

— Il est donc possible, puisque Martin Blain vous sert de secrétaire, qu'il ne vous transmette pas tout votre courrier, ou du moins, prenne l'initiative de répondre sans forcément vous en informer si, par exemple, c'est du courrier déplaisant, de prévenus mécontents ou éventuellement de maîtres-chanteurs ? demanda Lucien en continuant à écrire.

— Cher capitaine, commença l'avocat sur un ton sarcastique, encore une fois, on ne peut pas plaire à tout le monde. Mais de toute ma carrière, je n'ai jamais eu de gros mécontents, les décisions de justice sont tout de même du ressort des magistrats. Les avocats sont du côté des prévenus ou des victimes. J'ai toujours fait le maximum pour défendre mes clients. Il y en a même, qui m'envoient toujours de leurs nouvelles chaque année, mais c'est à mon cabinet. Par ailleurs, ajouta-t-il froidement, je n'ai jamais vu de fous furieux qui m'auraient menacé ou ma famille. Si maintenant les gens ne respectent plus rien, ni personne, policiers, professeurs, magistrats ou avocats, moi, j'ai eu la chance d'exercer à la bonne époque. Aujourd'hui, je reconnais que cela pourrait être difficile. J'avais une profession enviée et jamais je n'aurais toléré, le manque de respect pas plus qu'une forme d'impolitesse.

Ferdinand eut un sourire dans sa barbe que le Maître releva aussitôt pour reparler de Gilbert. Lucien le laissa faire, guettant le moment de reprendre la main.

—Tant mieux si vous trouvez tout cela drôle, mon cher ! lança l'avocat d'un ton mordant à l'adresse de Ferdinand. Cela vous distrait de la disparition de votre fils, c'est déjà ça ! Depuis son accident, votre fils ne tournait plus très rond. Il avait quand même subi un traumatisme crânien et outre un lourd handicap physique, il avait aussi beaucoup des séquelles psychologiques, avec de gros troubles de la mémoire, des accès de fureur, il en voulait à la terre entière ! Je ne vous parle même pas de ses fréquentations ! Son dernier grand copain avait en préparation d'enlever ou de tuer l'Ambassadeur des Etats-Unis, en poste en Allemagne, au motif d'ingérences dans les affaires internes du pays !

Lucien hocha la tête pour signifier qu'il était au courant. Ferdinand haussa les épaules.

— Et vous Monsieur Blain, qu'avez-vous à nous dire sur le courrier de votre patron ? Sur Gilbert ? Parce que, peut-être aussi, que vous n'êtes pas si sourd-muet que cela ? Je vois à vos yeux que vous suivez très bien les discussions, dit Lucien avec insistance.

L'avocat secoua la main de son protégé pour l'inciter à répondre, ce qu'il fit d'une voix claire, sans aucun problème d'élocution.

— Effectivement, ça fait aussi partie de mon déguisement. Personne ne devait se douter de quoi que ce soit, ni Irène, ni Gilbert, ni Madame, ni Jean que j'ai connu plus jeune. Cette situation idéale pour nous aurait été perturbante pour les autres et aurait fait jaser, Bertrand aurait pu avoir des soucis dans son travail ou au Palais de Justice.

— Et vous faisiez tout pour que cela n'arrive pas, même peut-être jusqu'à éliminer un maître-chanteur comme Gilbert ? déclara Lucien en fixant le travesti.

— N'importe quoi capitaine ! cria l'avocat, qui ne se contenait plus. Je ne vous permets pas de dire ça ! Mon petit-fils était certes devenu difficile, mais je ne le vois pas dans ce rôle-là. Je ne vois pas non plus Martin en vengeur sanguinaire. Quant à moi, je n'ai jamais tué personne, je ne vais pas devenir assassin à mon âge !

— Peu importe ce que vous permettez ou pas ! lâcha Lucien qui avait aussi du mal à garder son calme légendaire. J'ai bientôt assez de biscuits pour aller voir un juge et demander un mandat, si c'est ce que vous voulez. On va revenir en force et tout fouiller, on trouvera sûrement quelque chose. Vous allez le permettre, bien obligé, vous n'aurez plus d'autre choix ! Je dois vous rappeler que vous n'avez plus la main, comme au poker !

Le vieux Maître haussa les épaules et quitta la table pour aller vers la porte-fenêtre regarder le parc de la propriété. Il pensait que Lucien bluffait, comme aux cartes et qu'il n'avait pas grand-chose contre lui, sauf des faux papiers faits pour Martin.

—Très bien ! dit-il sans se retourner, continue Martin, tu peux répondre à la question de ce policier, pour éviter ce chantage infâme !

— J'ai toujours été près de Bertrand pour lui faciliter la vie, pas pour la lui pourrir. Il n'y a jamais eu de maître-chanteur, de menaces de clients et je n'ai pas tué Gilbert si c'est cela que vous voulez m'entendre dire. D'ailleurs, il était drogué à cause de ses douleurs et est mort d'une overdose, vous l'avez dit vous-même.

Lucien téléphona au brigadier Dumas pour lui ordonner de les rejoindre.

— Vous voudrez bien dans ce cas, Monsieur Blain, nous laisser regarder dans votre ordinateur et nous donner votre emploi du temps des trois derniers jours ? dit Lucien en raccrochant. C'est normal quand on a rien à cacher et que tout est limpide. Cela permettra de garder vos histoires intimes entre nous, je vous promets qu'il n'y aura pas de fuite, on sera quitte, sauf si mon collègue a une requête particulière ?

Ferdinand s'avança vers le couloir-galerie d'un pas décidé.

— Je souhaiterais visiter la maison, y compris la cave. Et puis c'est une requête presque familiale, je ne suis jamais monté dans les étages, je n'en ai jamais eu l'occasion puisque, quand je débarquais, vous m'ameniez Gilbert directement au restaurant ou au parc pour que je ne vois pas Irène ! lança-t-il à l'intention de l'avocat qui répondit sans se retourner.

— Vous avez enfin votre revanche ! Emmène-le Martin et ne le quitte pas d'une semelle !

Ferdinand s'engouffra dans le couloir suivi de près par le serviteur du Maître. Bien content d'échapper un peu à l'ambiance étouffante, il poussa des portes, prit encore des couloirs dans l'immense demeure de onze pièces. Il monta des escaliers, ceux qu'avaient pris sa femme et son fils avant lui. L'ombre maigre et droite de Martin marchait collée à ses pas. Le serviteur refermait les portes derrière lui, après l'avoir laissé explorer du regard, sans l'autoriser à toucher. Ferdinand se pencha quand-même pour regarder sous les lits, sans trop savoir ce qu'il cherchait et il ouvrit aussi les armoires. Enfin, il voulut voir le grenier par lequel on accédait au troisième étage, après une double porte et un petit escalier étroit. Martin soufflait, complètement exaspéré. Dans le grand dégagement qui menait à trois chambres et à trois salles de bain, le fidèle serviteur s'empara d'un bâton pour tirer un crochet judicieusement dissimulé derrière une grosse rosace. Une échelle en bois, intégrée à la trappe, descendit du grenier. Après un instant de réflexion, Ferdinand engagea l'homme mince à monter avant lui.

—On voit que la confiance règne ! Vous croyez quoi ? Que je vais refermer et vous laisser là-haut à tambouriner pour alerter tout le quartier et le commissariat alors que votre collègue est en bas !

Les yeux noirs du serviteur lançaient des éclairs fous d'impatience et de contrariété. Ferdinand ne répondit pas et attendit que l'homme se recule dans le grenier pour le laisser arriver en haut de l'échelle.

Ferdinand explora le grenier qui servait de laboratoire photo, avec de cuves de révélateur et autres produits de développement pour professionnels. Il examina les vieilles photos accrochées sur un fil puis redescendit l'échelle instable, en souriant dans sa barbe. Ferdinand retourna sans encombre dans le grand hall, guidé par le serviteur redevenu muet comme une carpe. Ils descendirent dans une double cave voûtée en pierre sèches et en terre battue, avec de nombreux rayonnages. Ferdinand siffla admiratif en voyant le beau sous-sol, plein de bonnes bouteilles de vin et de fromages secs sous des cloches. Des conserves, des bidons étaient entreposés loin du sol, balayé et ratissé à la façon d'un court de tennis en terre battue. Quelques cartons vides dormaient sur une étagère. Ferdinand ouvrit une grande armoire de style Basque, pleine de linge brodé et plié dans des bacs en plastique. Il prit une chaise pour inspecter le haut du meuble à son aise. Tout de suite, il trouva quelque chose d'intéressant : il y avait des restes déchirés d'un poster en lambeau, avec un bout de ciel bleu. Le papier glacé avait été glissé à la va-vite derrière le rangement. Sur le dessus de l'armoire, il y avait l'ordinateur portable bleu de Gilbert et des restes de poster déchiré. Il se retourna l'air vainqueur vers son accompagnateur, avec ses trouvailles en main.

Ferdinand constata furieux que sa silhouette longiligne n'était plus près de l'entrée. Le serviteur lui avait faussé compagnie. Il remonta quatre à quatre pour trouver la lourde porte de la cave fermée. Il tapa dessus à coups redoublés jusqu'à ce que Lucien arrive, suivit de l'avocat, blême, le regard affolé, comme s'il savait qu'il allait apprendre quelque chose de grave.

CHAPITRE 29

Fin de siècle.

Ferdinand fonça dans la cuisine pour vérifier que le brigadier geek Hervé Dumas était déjà penché sur le PC du serviteur. Malheureusement, le brigadier Dumas n'était pas encore arrivé, car il passait son permis de conduire, ce qui retardait considérablement sa mobilité, comme d'ailleurs sa titularisation. Il dépendait en fait, d'un chauffeur et d'un véhicule de service disponible. Lucien, très en colère, l'entendit s'essouffler dans le téléphone, car il arrivait à pied, en se pressant autant qu'il pouvait. Ferdinand tapa de rage sur la table de la cuisine, où l'ordinateur de Martin n'était plus là.

Il se tourna vivement vers l'avocat très pâle, qui avait perdu de sa superbe, en réalisant la fuite de son ami. Le vieil homme venait aussi de comprendre qu'il ne reverrait plus jamais Martin. Il s'était adossé à la porte et se tenait la gorge, comme pour éviter de crier. Ferdinand était trop en colère pour s'en apercevoir.

— Vous avez manqué d'air Monseigneur ! hurla Ferdinand dans son accès de fureur. Comme quoi on peut se tromper sur les gens ! N'hésitez pas si vous avez une explication à nous donner sur le comportement de votre compagnon, et ne nous dites pas qu'il avait sûrement une course urgente à faire, ou que la porte s'est refermée toute seule, car je l'avais bloqué avec la cale en bois, elle n'a pas sauté toute seule ! Il m'a enfermé et a filé, c'est tout !

Maître Bertrand-Henri Dupré était blanc comme un linge, avec des gouttes de sueur perlant sur son front. Il chancela et se cogna légèrement au chambranle de la porte de la cuisine, en se tenant la poitrine. Lucien se précipita pour le soutenir et l'aida à s'allonger sur le côté. Il lui demanda où était l'armoire à pharmacie pour trouver de l'aspirine, car il redoutait le pire pour le vieil homme. C'était aussi pour continuer à le faire parler, plutôt que pour tester l'efficacité du médicament. Il avait quand même lu, que cet anti-inflammatoire pouvait empêcher le caillot de sang responsable de la crise cardiaque, de grossir. Sans réponse de la part du vieil homme, il commença un massage énergique sur la poitrine de l'avocat, en ouvrant sa robe de chambre en soie. Au bout de cinq minutes de réanimation, Lucien fut soulagé de voir arriver les secours que Ferdinand avait appelé en faisant le 15.

Les urgentistes actionnèrent leur défibrillateur en plaçant les électrodes sur le torse maigre de l'avocat.

Sans trop de succès, les secouristes reprirent les compressions thoraciques et les insufflations. Un médecin fit au vieux maître une injection d'adrénaline. Puis, toutes sirènes hurlantes, l'ambulance quitta le parc humide. Maître Bertrand-Henri-Dupré parti seul dans la fraîcheur du soir.

*

Quand le brigadier Dumas franchit enfin le portail de la propriété, il trouva son chef en compagnie du vieux marin, en train de fumer, assis sur le large perron de pierres blanches. En voyant le regard furibard que lui lançait le capitaine Andriani, il ne posa pas de question et prit juste place aux côtés des deux hommes. Berne aussi s'était approché d'eux et les regardait, sans bouger, assis sur son gros derrière. Il devait sentir que quelque chose ne tournait pas rond, depuis le départ de son maître dans l'ambulance. Les hommes regardèrent longtemps les tas de feuilles mortes s'éparpiller au gré du vent marin, autour du gros chien. Ferdinand décida de retourner à la cuisine pour lui chercher à manger. Il déposa la gamelle et l'eau fraîche dans le hall d'entrée, qu'il laissa ouvert, en prenant soin de fermer toutes les autres portes. Il téléphona ensuite à Jean-Martin Dupré pour l'avertir du départ de son frère au Centre Hospitalier de la Côte Basque. Le journaliste dit qu'il arrivait et souhaitait s'installer dans la grande demeure, le temps de l'hospitalisation de son frère.

— Cette bête n'y est pour rien, dit Ferdinand en flattant la tête du gros chien qui appréciait la papouille. On ne va pas la laisser sans manger, ni dehors sous la pluie. Je reviendrai la voir pour m'en occuper si Jean ne peut pas rester. Ils restèrent silencieux dans la voiture de service qui les ramenait au commissariat. Déjà, il fallait montrer patte blanche pour circuler dans la zone bleue qui commençait à être sécurisée et les ralentissements s'intensifiaient.

— Il ne pourra pas se passer grand-chose de fracassant pendant ce sommet, sauf dans l'intimité des grandes familles, lâcha Lucien contrarié, en mâchouillant son chewing-gum. On pourra juste pour faire cesser le lynchage ou éviter d'avantage de casse, si on veut bien nous laisser circuler !

CHAPITRE 30

Un repère fixe.

Les trois enquêteurs étaient sombres et silencieux en entrant dans le bâtiment. Le planton de service à l'entrée, informa Lucien qu'une dame l'attendait dans son bureau. Profitant de l'occupation de son chef, le brigadier Dumas fila à toute vitesse se plonger dans l'ordinateur portable de Gilbert, tandis que les deux marins découvrirent une visiteuse à la chevelure flamboyante qui se leva à leur arrivée.

—Je suis Suzanne Serra, la nounou de Gaspard. J'ai été convoquée pour un complément d'information quand on m'a autorisée à retourner chez moi, pour récupérer quelques affaires.

Lucien demanda qu'on lui apporte le maigre dossier ouvert sur l'incendie de la maison de campagne et l'éplucha l'air concentré. En vérité, il était toujours très en colère, contre lui, contre l'avocat, contre le serviteur. Ferdinand respecta son silence et en profita pour examiner la visiteuse. La jolie rousse ne faisait pas ses cinquante-neuf ans. Elle était habillée plutôt jeune, avec un blouson de cuir marron sur une jupe en jean noir avec des mocassins vernis. Son visage était illuminé par de grands yeux verts maquillés de noir, que sa bouche rouge faisait ressortir davantage. Sa taille était encore fine, et même petite, le vieux marin pensa qu'elle était plutôt plaisante à regarder. Lucien épluchait les planches photographiques présentant les restes calcinés de la cuisine et des objets brûlés. Il y avait en annexe, la copie de déclaration auprès de la compagnie d'assurances, en l'attente du passage de l'expert.

— Je vois que vous avez fait toutes les démarches utiles, dit Lucien en repoussant le dossier. Après, avec l'assurance, cela risque d'être un peu long, vous avez bien fait de protéger les fenêtres. Avez-vous pu récupérer des papiers ? Nous recherchons des relevés de banque, enfin toutes les informations possibles pour tracer l'argent que vous receviez tous les mois pour élever Gaspard.

— J'ai juste ce qui était dans le bureau du salon, car les lettres qui étaient dans ma chambre sont dans un triste état, avec l'explosion du bain d'huile. Je vous ai apporté quelques éléments bancaires avec trace des virements, comme vos collègues me l'ont demandé. Tout le reste du courrier récent est resté dans la cuisine, où je me tenais souvent pour écrire, il ne reste rien d'exploitable.

Lucien sortit le contenu d'une vieille chemise cartonnée à carreaux verts sur son bureau. Ferdinand commença à éplucher les relevés de banque et poussa un cri victorieux.

— Formidable ! cria-t-il. Regarde ! Il y a bien un virement tous les mois de mille euros !

Lucien examina le document, beaucoup moins enthousiaste.

— Ouais, dit Lucien sur un ton plus modéré, mais c'est un compte bancaire associatif en Suisse, donc le nom du titulaire reste secret. C'est une combine bien connue. On alimente le compte avec une carte *travel cash*, rechargée par des dépôts réguliers au guichet. Il faut juste recruter un frontalier ou trouver un grand voyageur qui passe la frontière très souvent. Pour tracer l'identité des titulaires du compte, qui par ailleurs doit être ancien, ça va encore prendre des plombes ! Je parie même, que les relevés de compte sont envoyés à une boite postale. Il doit y avoir un avocat fiscaliste ou un intermédiaire en gestion de patrimoine là-dessous, on n'est pas sorti de l'auberge ! En plus, les virements proviennent pas d'une filière de banque Française, ce ne sera pas facile à tracer. Même si la Suisse a signé l'accord avec le fisc Français pour révéler le nom de bénéficiaires de comptes hébergés chez eux. Ces accords sont trop récents.

— Tu parles d'avocat fiscaliste, dit Ferdinand qui avait tout de suite relevé l'idée. Le beau-père a des associés spécialisés, vous pourriez peut-être voir de ce côté là ?

— C'est sûr, ça peut être du ressort d'un confrère de Dupré. En tout cas, celui qui versait l'argent prenait d'infinies précautions pour éviter qu'on remonte à lui. Racontez-nous comment on vous a confié Gaspard, Madame Serra, demanda Lucien en notant les points forts de l'entretien.

La visiteuse s'agita un peu sur sa chaise et tira sur sa jupe qui remontait sur ses bas noirs.

— J'étais travailleuse frontalière à l'époque, commença-t-elle doucement, infirmière dans un hôpital de la région de Genève mais je vivais en France. C'est une collègue qui m'a mise en relation avec une association où l'on pouvait adopter. On a été reçu par un médecin et un avocat. Je ne pouvais pas avoir d'enfant avec mon mari qui lui, travaillait à Genève. L'avocat m'a conseillé de m'installer en Suisse, ce qu'on a fait pour un an, le temps de régulariser les papiers et d'avoir nos trois ans de mariage révolus. Très vite, on m'a proposé

Gaspard. On m'a donné sa photo en me disant qu'il était Français et qu'aucun de ses parents ne pouvait l'élever en France.

— Vous aviez des instructions écrites de cet avocat ? Son nom? Celui du médecin ? coupa Lucien pour interrompre le monologue.

— On m'a juste dit que la famille allait payer les frais, répondit Suzanne. L'avocat allait surveiller son éducation. Il ne m'a jamais dit son nom, je devais l'appeler Maître. L'avocat m'avait dit que c'était juste une décision de placement d'un an en Suisse. Je ne devais surtout pas demander à l'autorité compétente de mon canton de prononcer l'adoption définitive. Après une année, je devais déménager en France. L'avocat m'a expliqué qu'en Suisse, c'est l'adoption plénière qui rompt tous les liens avec la filiation d'origine. Il a dit que ce n'était pas le souhait de la parenté car en France, on peut opter aussi pour l'adoption simple. Gaspard a donc gardé tous ces droits pour la succession de sa mère. Il a reçu une grosse somme d'argent à sa majorité pour faire suite de la pension que je touchais pour lui. C'était le Docteur Humbert, qui m'avait mise en relation avec l'avocat mais il est mort deux ans après. Je me souviens que l'avocat était vieux et chauve. Il m'a téléphoné plusieurs fois après que j'ai eu Gaspard, pour savoir si tout se passait bien. Je ne l'ai jamais revu. Je n'ai jamais su qui étaient ses parents, Gaspard ne voulait pas que je cherche.

Lucien soupira en notant le nom du médecin et fit signer à Suzanne sa déposition. Ferdinand la raccompagna à la porte du bureau en lui promettant de retrouver Gaspard très vite et de la tenir au courant de ses avancées. Lucien rangea le dossier et écouta son répondeur avant de retourner fouiller tranquillement à la « *Villa l'Aurore* ». Soudain, il tapa furieusement du plat de la main sur son bureau, en lançant un juron.

— Et merde ! Josef Krung s'est fait écraser en rentrant chez lui ! Il n'y a aucun témoin de l'accident. Les collègues ont perquisitionné chez lui. On a trouvé des ébauches d'articles sur une clé USB, bien protégée et planquée dans le fond d'une poubelle pleine. Il préparait entre autre un papier sur la paranoïa des autorités Françaises. Tout l'appartement a été fouillé. Derrière une bibliothèque, les enquêteurs ont retrouvé un petit dictaphone. Krung évoquait son action coup de poing, avec ton fils, dont il devait prendre la place, au bras de ton beau-père, pour le cocktail du G7. Il voulait bien tuer l'ambassadeur des Etats-Unis, accusé de remuer la vase en multipliant les ingérences dans les affaires intérieures Allemandes. L'Allemagne selon lui, ne respectait pas ses obligations à l'égard de l'Otan en réduisant toujours plus son budget de dépenses militaires. On aurait eu une vraie affaire d'Etat sur les bras ! Je ne te parle même pas de la réputation Française au niveau sécurité et de la publicité pour la ville ! lâcha Lucien en continuant d'écouter son répondeur.

CHAPITRE 31

La chambre blanche.

Une affaire en chassant une autre, Lucien lança un nouveau juron. Il venait d'apprendre la mort de Maître Bertrand-Henri Dupré qui avait fait un arrêt cardiaque à l'Hôpital de Bayonne. Quand Lucien et Ferdinand arrivèrent dans les couloirs du centre hospitalier, ils se firent indiquer le lieu de repos du Maître, en demandant s'il n'avait pas déjà été descendu en chambre mortuaire. L'avocat était encore dans son lit. Il y avait dans la pièce, une odeur mêlée de détergent, d'éther, de sueur et de mort. Ferdinand pensa tout de suite qu'il n'aurait pas dû venir et attendre Lucien dehors. Un aide-soignant jeune et blond, chignon sur la tête et lunettes de pilote au bout de nez, s'activait avec son gant de toilette et sa cuvette, dans un dernier soin. Il rinçait soigneusement la nuque du vieillard de son gant de toilette blanc jetable, avec des gestes doux et professionnels. Il lui parlait gentiment en lui expliquant ce qu'il faisait et blaguait familièrement en l'appelant jeune homme. Ferdinand pensa que, peut-être, son beau-père l'entendait et devait être outré. Ferdinand trouva quand même que c'était bien, car l'avocat était seul, sans ceux qu'il avait aimé. La toilette du défunt avait commencé tout de suite après sa mort cérébrale et se terminait. Les deux visiteurs silencieux regardaient l'homme pâle qu'on allait descendre pour le thanatopracteur. Lucien raconta à Ferdinand que l'embaumeur de cadavre allait effectuer le rite de la mort pour la paix intérieure, à grand renfort de liquide conservateur, de coton pour les orifices, de maquillage artistique. Il lui mettrait par dessus son costume sombre, sa robe d'audience noire à l'épitoge d'hermine, avec sa légion d'honneur, en plus de l'ordre du mérite. Son frère venait de les apporter selon les dernières volontés du Maître. Le journaliste-écrivain ne semblait pas affecté, comme si c'était normal de revoir son frère ainé mort, après trente années de séparation. Il tapota juste la main de l'avocat en lui disant : sans rancune vieux frère et ressortit très vite de la chambre. Ferdinand se sentit soulagé quand ils quittèrent enfin l'hôpital. Sur le trottoir, il avait encore devant les yeux l'image mortuaire de son beau-père et dans le nez l'odeur de la mort. Il se sentait un peu barbouillé, plus impressionné que Lucien. Il se demandait si le cerveau de l'avocat avait eu encore une activité cérébrale, après l'arrêt cardiaque. Il posa la question à Lucien qui répondit qu'il ne savait pas.

Ferdinand se demanda si l'avocat avait vécu une expérience de mort imminente avant d'y passer. Si son esprit l'avait vu dans la chambre avec Lucien. Il se dit que l'avocat n'avait pas dû être content. Avait-il souffert de ne pas avoir vu Martin Blain près de lui ? Ferdinand pensa qu'il valait mieux finir dans la mer que d'être bouché comme une momie. Il le dit à son ami qui se mit à rire. Pour lui, c'était une question d'habitude. Lucien avait vu tellement de cadavres dans sa vie de policier que plus rien ne l'impressionnait, un peu comme un médecin légiste. Pour distraire son ami, Lucien l'invita à aller boire un café et lui raconta sa première autopsie en souriant. Il mima la scène à grands renforts de bruits avec la scie qui s'approche sur le crâne lisse comme celui d'un chauve. Il expliqua les cheveux retournés comme une perruque, avec une grosse couche de graisse jaune, pareille à celle d'un canard à foie gras. Ferdinand alla direct rendre son jus noir dans le caniveau et à la fin, il se sentit mieux. Lucien riait en s'étouffant à moitié, tandis que son ami reprenait des couleurs.

— Ben c'est pas gagné ta reconversion chez les privés, faut avoir l'estomac bien accroché chez nous, même si c'est pas tous les jours qu'on assiste aux autopsies ou qu'on découvre des cadavres !

CHAPITRE 32

Le creux de la vague noire.

On enterra le vieux Maître avec les honneurs dus à son rang, un matin vers onze heures, au cimetière de Ranquine, à deux pas de l'aéroport de Parme. Le lieu était connu du public, car un chanteur célèbre, qui vouait une passion à Biarritz, dormait dans une grande tombe de marbre blanc. Il était décédé accidentellement et disait que : « *Le bruit assourdissant des vagues, correspondait bien à son tempérament.*» L'air marin sentait l'orage et le vent ramenait des relents d'algues vertes en décomposition. Les goélands se déchaînaient avec des cris stridents en tournant bas dans le ciel blanc. Les notables, ayant fait le déplacement depuis l'église *Sainte-Eugénie,* avançaient courbés sous les assauts du vent. Ils se tenaient groupés, courbés sous les assauts du vent et parés de noir, comme dans une peinture impressionniste. Lucien et Ferdinand étaient postés de chaque côté de l'entrée principale du petit cimetière, pour guetter les entrées. Martin Blain restait introuvable depuis trois jours. Ils espéraient tous deux qu'il viendrait rendre un dernier hommage à son vieux maître, mort à cause du choc qu'il lui avait causé. Ils avaient la certitude de sa venue, surtout qu'il n'avait pas pu lui dire au revoir et l'avait laissé mourir tout seul. Les deux enquêteurs détaillaient chaque femme et chaque homme qui se présentaient à la grille, car les deux marins se souvenaient des métamorphoses de Martine et de son goût pour les déguisements. Plusieurs fois, ils avaient été tentés de soulever des voilettes noires, des chapeaux trop enfoncés, des barbes trop longues sur de grandes silhouettes maigres. Ils pensaient que l'homme recherché par toutes les polices était capable de tout. Martin avait pris la fuite avec l'une des voitures de l'avocat, un Range-Rover de sport dont l'immatriculation avait été donnée, sans succès, aux polices des frontières. Les enquêteurs avaient tout de suite pensé à la Suisse où Maître Dupré avait un chalet près de Martigny, très surveillé depuis la disparition de Martin Blain. Il n'y avait eu aucune activité aux alentours depuis des mois et les gardiens n'avaient vu personne depuis le décès du maître. La mort du grand avocat avait attiré la foule. Les gens se pressaient comme au Tribunal lors de ses plaidoiries. Jean-Martin Dupré se tenait gauchement près du curé, ne sachant quoi faire de son mètre quatre-vingt. Il ne connaissait personne sauf les deux enquêteurs mais les gens le reconnaissaient et l'examinaient en douce.

Ferdinand le mena sur la tombe où dormait déjà Irène puis, il retourna à son poste de gué près de la grille. Au sol, là où le vieux marin aurait dû rester et ne pas s'absenter, quelqu'un avait perdu ou laissé une enveloppe, sans que Lucien, occupé à saluer quelques connaissances ne s'en aperçoive. Ferdinand la ramassa et vit son nom écrit en gros caractères. Il la dépouilla à toute vitesse en la montrant à son collègue. Dedans, il y avait un mot et une adresse tapée sur l'ordinateur : « *Gaspard, sanatorium, voir chez Henri, café de l'église, après Cambo* » Lucien hurla des ordres secs dans son téléphone pour qu'on vienne les remplacer. Il ordonna qu'on dresse un cordon de sécurité devant la grille pour fouiller tout le monde à la fin de la cérémonie. Puis, les deux enquêteurs démarrèrent sur les chapeaux de roues, le deux-tons hurlant, vers Cambo-Les-Bains. Il n'y avait pas d'adresse précise, il fallait juste trouver le café du fameux Henri. En route, Lucien raconta à Ferdinand les légendes rapportées par les *URBEX*, les explorateurs anonymes et photographes, visitant les lieux abandonnés hantés, anciennes prisons, asiles d'aliénés, châteaux, orphelinats. Ferdinand connaissait la légende du château Lamare, en Normandie, qu'il raconta en retour. On disait que le château normand était hanté par le fantôme d'un notable, assassiné dans les toilettes par sa maîtresse en 1924. Son esprit était resté dans cette pièce et la dernière famille qui y habitait avait pris la fuite, après avoir failli périr de noyade. Une nuit, toutes les chasses-d'eau s'étaient mises à couler en continu, en inondant tous les étages où les meubles commençaient à dériver dangereusement. Les gens s'étaient sauvés par la fenêtre, en sautant sur les branches d'un gros chêne pour fuir en laissant toutes leurs affaires. Depuis le château était fermé et faisait l'objet de toutes les tentatives d'approche des explorateurs urbains, désireux d'étoffer leurs collections de photos insolites dans des lieux abandonnés et mystérieux.

— L'ancien sanatorium n'est pas hanté, annonça Lucien d'un ton rassurant. Il est juste complètement délabré et abandonné à la végétation luxuriante, tu vas voir. C'est une idée fixe chez certains, d'en photographier l'intérieur, ça a déjà été fait, mais c'est interdit par la loi, c'est une violation de domicile. En plus, cela peut être très dangereux, on a déjà vu des planchers s'écrouler sur des photographes amateurs, dans des grandes baraques abandonnées ou des friches industrielles désaffectées.

— Je vois bien mon Gilbert en train de fouiner dans des endroits pareils pour faire des photos artistiques ou rechercher une ambiance morbide, dit Ferdinand en souriant. Si cela se trouve, c'est lui qui a amené Gaspard dans ce coin chargé d'histoire. J'ai trouvé le sanatorium sur le net, ajouta le vieux marin en regardant son téléphone. On dirait qu'il y a eu un cyclone, tout est cassé, les seuls trucs droits, ce sont les grands palmiers. Il y a trois bâtiments, dont un atelier de couture bien délabré. Il y a encore les panneaux : livraisons, ambulances, piscine. Il y en a deux rigolos qui posent dehors, avec un vieux nounours et une grosse souris déglinguée. Ils portent des masques du lapin « *d'Alice au pays des merveilles* » comme pour une pièce de théâtre. Ils s'appellent bien « *les Urbex* » . Cela ressemble plus à une chasse au trésor qu'à un groupe de casseurs ou des pilleurs de château, les photos sont très belles, il y a une ambiance. Ils ont raison de ne pas dévoiler trop les adresses, ça évite les voleurs, les squatteurs et les casseurs. Ceux-là disent qu'ils ont vu deux types se sauver avec des trucs, à leur arrivée, sûrement des pilleurs.

CHAPITRE 33

La maison du gardien.

Les habitués du café de campagne se retournèrent, dès que les enquêteurs passèrent la porte au carillon sonore et au rideau en plastique plein de mouches collées. Ils étaient tous deux un peu agacés, car c'était la troisième porte de café qu'ils poussaient. Lucien montra à nouveau sa carte à l'homme derrière le bar et lui demanda s'il connaisait Henri. Un vieux bonhomme aux doigts noueux en désigna un autre, encore plus vieux, tout courbé sur son journal. Il portait des lunettes aux montures rafistolées et hors d'âge, comme lui. Ses yeux bleus délavés larmoyaient sous l'effet d'une conjonctivite mal soignée. Il était coiffé d'un béret basque noir. et mit deux doigts à son couvre-chef pour saluer. Tout de suite, Lucien dit qu'on les envoyait chercher Gaspard. Le très vieil homme passa ses doigts plein de nicotine dans sa barbe mal taillée et réfléchit un instant, avant de se lever sans dire un mot. Les deux enquêteurs le suivirent en direction du sanatorium, pour pénétrer dans le parc envahi par les herbes folles et les feuilles mortes. L'impressionnante façade du premier bâtiment, avait encore de beaux balcons couverts, offrant une magnifique vue exotique sur de grands palmiers, insensibles à l'oubli. Les palmes des arbres dansaient en bruissant sous le ciel noir. L'angle de l'immeuble se composait de fenêtres en saillie vers l'extérieur. Beaucoup de vitres étaient cassées. Les trois hommes contournèrent une allée mouillée, jonchée de grandes branches arrachées par le vent. L'ensemble était désert, on entendait seulement le bruit des feuilles dans les arbres et leurs pas qui écrasaient les hautes herbes. Ils prirent ce qui ressemblait à une petite rue, bordée de maisons étroites, aux façades blanches et aux volets rouges décrépis. Toujours silencieux, ils arrivèrent au deuxième pavillon, au rythme lent du vieux bonhomme qui les guidait. Devant, la façade semblait intacte. Il y avait juste quelques tuiles jonchant le sol et la végétation qui débordait sur la porte et les volets à la peinture écaillée. Ils contournèrent la maison par l'arrière. C'était là une désolation, avec des carreaux cassés, des meubles entassés devant l'ouverture, des fenêtres sans châssis. Devant la porte, un gros ours beige en peluche, à la patte rongée et à la fourrure gonflée d'eau, semblait attendre les visiteurs, en tendant ses bras ouverts. Enfin, ils entrèrent au bout du bâtiment, dans un couloir humide, au papier peint décollé, aux plafonds percés, couverts d'auréoles verdâtres. Le sol était jonché de seaux, de briques, de meubles cassés, de boiseries arrachées et de détritus variés. Henri ouvrit une porte. Il y avait encore d'énormes tas de gravats entassés dans un coin et de la poussière de plâtre jonchaient le vieux carrelage de la cuisine, aux beaux carreaux de ciment. Des canettes de bière pliées et des objets hétéroclites étaient jetés dans les coins. Sur l'évier, il y avait de la vaisselle qui séchait, amoncelée en tas désordonné. Un vieux poêle à bois au conduit noir, réchauffait un peu l'ambiance de désolation. Henri les précéda dans un couloir sans lumière, lui-même très en désordre, avec des livres, des magazines anciens et des chiffons sales éparpillés partout. Une porte ouverte découvrit une chambre avec deux lits impeccablement faits et une salle de bain au lavabo en faïence ancienne. Il y avait une fenêtre murée avec des parpaings à mi-hauteur. La lumière du jour ne filtrait que par le haut. Puis, enfin, le vieux guide ouvrit une autre porte au fond du couloir, sous laquelle passait la lumière bleuâtre d'une vieille télévision. Le faible son ne pouvait être entendu en dehors de la pièce. Gaspard était là, la bouche scotchée, les mains et les pieds attachés à un fauteuil à bascule en rotin. Une couverture à carreaux recouvrait ses longues jambes dont les pieds dépassaient. Il portait son gros caban bleu de marin et un bonnet noir en laine. Il était vivant ! Ferdinand se précipita vers lui pour le détacher et lui ôter son bâillon de scotch. Les yeux pâles et cernés de noirs de Gaspard, s'animèrent dès qu'il reconnut le vieux marin.

— Comment ça va moussaillon, tu n'as pas de mal ?

— Non, ça va, je n'ai rien. Henri m'a préparé des petits plats, une vraie nounou ! dit le jeune en grimaçant.

Lucien passa les menottes au vieil Henri qui ne bronchait toujours pas et demanda des précisions utiles à l'enquête, à savoir comment le jeune était arrivé là..

— Je ne sais pas, répondit Gaspard en frottant ses articulations. Personne ne m'a parlé. Sauf Gilbert qui m'a dit qu'il ne voulait pas me tuer en m'emmenant à la cave. Après, Henri m'a dit qu'il m'attachait pour ma sécurité, pour ne pas que je me sauve et que je risque ma vie. J'ai entendu Henri discuter en chuchotant avec un homme qu'il tutoyait. Il m'a assuré qu'il s'occuperait de moi comme d'un fils, il a toujours été correct.

Lucien appela des renforts de police en attachant le vieil Henri au radiateur en fonte.

— Et Gilbert, dans tout ça, il t'a menacé ou fait quelque chose ? demanda Lucien.

Gaspard raconta d'une voix blanche son calvaire à la cave et sa peur de Gilbert. Lucien le coupa dans son triste monologue pour savoir ce que Gilbert avait dit avant de mourir.

— Il a juste dit: " qu'est-ce que tu fais là ? " Comme s'il connaissait le visiteur de la cave, juste ça et il n'y a pas eu des bruits de lutte. Après, il y a eu un truc cassé. Ensuite, j'ai entendu qu'on traînait quelque chose avec un bruit de plastique. J'étais paniqué et ma figure commençait à coller au sac à cause de la sueur. Quelqu'un s'est approché de moi et j'ai ressenti une piqûre au bras. Je me suis réveillé ici, attaché sur ce fauteuil, avec du scotch sur la bouche. Henri ne me détachait les mains que quand j'allais aux toilettes. Il ne m'enlevait le scotch que pour manger, je dormais avec les cordes et le bâillon. Je ne sais pas depuis combien de temps je suis là, six repas au moins. Henri m'a laissé tous les jours devant la télé, mais elle ne marche qu'avec de vieilles cassettes vidéo, j'ai regardé plein de films ! Jamais il ne répondait à mes questions et il m'a dit que si je criais, il ne m'enlèverait plus mon bâillon.

Gaspard s'approcha de son ravisseur, en titubant, les jambes engourdies. Ils se regardèrent sans rien dire, les regards inexpressifs, comme s'ils étaient satisfaits du dénouement de l'affaire.

— Et Gilbert, il va mieux, il s'est calmé ? Il est où maintenant ?

Ferdinand se racla un peu la gorge et annonça la mort de son fils à la cave.

Gaspard s'accrocha au chambranle de la porte, retenu par Lucien qui commença à lui raconter les avancées de l'affaire.

— Je n'y suis pour rien, je vous le jure Ferdinand, je ne l'ai pas tué ! dit le jeune avec force. Dites-moi que vous me croyiez ?

Gaspard avait l'air sincère avec sa voix était suppliante. Le vieux marin le fixa d'un regard vide, inexpressif. Dans ses yeux passaient des souvenirs heureux. Dans ses oreilles, le rire de Gilbert résonnait. Il ne répondit rien.

CHAPITRE 34

Le vieux parc solitaire et glacé.

Une voiture de police emmena le vieil Henri, avec quelques égards dus à ses quatre-vingt-deux ans. Il allait être inculpé du chef de complicité de séquestration et de non-dénonciation de crime. Il allait sûrement bénéficier d'une réduction de peine, eu égard à son âge et aussi pour avoir correctement traité sa victime. Il suivit les policiers sans un mot, l'air soulagé de n'être plus geôlier, libéré lui aussi. Gaspard fut installé sur une civière et deux pompiers sympathiques l'emmenèrent aux urgences de Bayonne. Lucien téléphona à Marie Delaunay pour lui dire qu'on avait retrouvé son amoureux en bonne santé. Devant la bâtisse abandonnée, le téléphone du capitaine Andriani sonna, dès qu'il l'eut raccroché avec la copine de Gaspard. Le commandant Jacques Marchand lui donna le résultat de l'autopsie de Gilbert. Il avait bien été assassiné à la seringue. Les expertises avaient démontré que l'aiguille lui avait été plantée dans le cou avec une grande violence, donc par une personne du même gabarit, Gilbert mesurait un mètre quatre-vingt. Le tueur avait piqué vite, à l'aveugle dans la région latéro-cervicale. Gilbert avait fait une thrombose de la veine jugulaire et un gros caillot de sang s'était formé entrainant une embolie pulmonaire. Lucien raccrocha, en se demandant s'il fallait donner tout de suite le résultat de l'autopsie à son ami. Puis, son téléphone résonna à nouveau. Comme souvent, tout se précipitait après une longue période d'attente, où rien ne bouge, rien n'avance. Le brigadier Dumas lui apprit que le manuscrit déposé à la Société des gens de lettres, *SDGL*, avait bien été protégé par Gilbert. L'ordinateur avait été exploré par le geek du bureau avec un logiciel permettant de cracker les mots de passe. Le brigadier avait également trouvé dans le PC de Gilbert, des photos de l'avocat avec son short de bain fleuri, mais avec la tête de son frère. Le résultat après montage ressemblait parfaitement à la photo compromettante reçue par Jean-Martin Dupré. Il y avait aussi plusieurs photos de Gaspard et la correspondance classique du maître-chanteur, envoyée par mail à Martine Blain. Gilbert écrivait au secrétaire particulier de son grand-père, qu'il n'hésiterait pas à envoyer à une presse peu scrupuleuse, toutes les informations croustillantes qu'il détenait sur la liaison cachée du vieil avocat avec le travesti, sans oublier le viol d'Irène par son oncle, qu'il ne manquait pas de menacer. En échange de son

289

silence, il réclamait des sommes exorbitantes à verser sur un compte numéroté en Suisse, qu'il avait été facile de tracer. Le plus beau restait à venir : le compte qui versait l'argent à Gilbert était le même compte « *offshore* » qui virait l'indemnité mensuelle à la nounou de Gaspard !

Les bandes vidéos du bord de mer avaient été épluchées. On voyait nettement Gilbert, guetter, le soir de l'agression de Jean-Martin Dupré, et cela, bien avant l'heure où il disait avoir trouvé l'écrivain. On avait retrouvé le téléphone portable de Gilbert écrasé mais encore exploitable, dans la poche de Josef Krung. Lucien pensa que Gilbert avait peut-être eu envie de s'amuser un peu, en attirant l'écrivain pour lui faire découvrir la face cachée de sa vie. Cela pour asseoir son pouvoir. Un peu comme une introduction au livre du maître-chanteur. En revanche, rien n'avait été filmé devant la maison de Suzanne, lors de l'incendie criminel, en l'absence de caméra. Cependant, des empreintes de pas dissemblables dans la boue, derrière le jardin où un tuyau d'arrosage percé fuyait en continu avaient été relevées. C'était les dessins de deux semelles différentes au niveau de l'empreinte, l'une plus profonde que l'autre, comme alourdie par une chaussure orthopédique, comme la chaussure gauche de Gilbert.

Après avoir raccroché, Lucien éprouva le besoin de s'asseoir pour réfléchir. Il s'installa sur un muret dans le parc abandonné, devant une fontaine rongée par la verdure. Il ne savait pas comment annoncer à Ferdinand que son fils unique était bien le maître-chanteur de son grand-oncle, Jean-Martin Dupré, mais aussi de son grand-père, l'avocat Bertrand-Henri Dupré, en plus d'être un incendiaire. Gilbert était également à l'origine de la séquestration du jeune Gaspard. Lucien pensa que Gilbert avait peut-être provoqué sa perte, par la main de Martin Blain qui avait voulu épargner Gaspard et son vieux Maître. Sauf si on arrivait à prouver que Josef Krung pouvait être intervenu en découvrant que son nouvel ami était incontrôlable et âpre au gain. Lucien se dit que le vieil avocat n'avait pas dû être mis au courant de la correspondance entre son petit-fils et Blain. Il était prêt à le parier. Il aurait sûrement fait cesser le trouble en faisant une action en justice. Il aurait exhumé un texte de loi et demandé une hospitalisation d'office pour troubles psychiques, compromettant l'ordre public ou la sécurité des personnes. On appelait cela, dans le jargon médico-judiciaire : une mesure « *HO* ». Il n'aurait pas été difficile pour lui de produire les deux certificats médicaux demandés. Les médecins auraient constaté l'état mental fragile de Gilbert, nécessitant un internement contre son gré. Lucien avait la certitude qu'il serait peut-être encore de ce monde aujourd'hui, s'il ne s'était pas adressé à Blain, mais avait directement fait chanter son grand-père. Une question restait pendante: Gilbert avait-il fait chanter aussi Josef Krung ? Lucien excluait totalement l'implication du journaliste Jean-Martin Dupré car son emploi du temps avait été vérifié et plaidait en sa faveur.

*

Ferdinand s'était assis à ses côtés pour bourrer sa pipe et regardait le parc en friche, les yeux perdus dans les herbes folles. Il s'éclaircit fort la voix après ce long silence.

— Vas-y, je sais ce que tu viens d'apprendre des choses et que tu as envie de me les dire.

Sans le regarder, Lucien lui raconta tout ce qu'il savait sur les avancées de l'affaire Gilbert, Dupré et Blain.

—Je sais que c'est désespérant, dit-il doucement. Mais tu vas enfin pouvoir l'enterrer, on te rendra bientôt le corps. Et puis, tu vas t'occuper de Gaspard comme tu l'avais dit, tu t'y connais en restauration de bateau, je vous aiderai, hein?

Ferdinand avait l'impression de se trouver dans le creux noir de la grosse vague Belharra, sans entraînement, sans préparation préalable, jeté à la mer dans un sac lesté. Il tirait fort sur sa pipe qui l'empêchait de parler. La fumée de son tabac et le choc des révélations, que Ferdinand avait tant attendu et tant redouté, lui piquaient les yeux et de grosses larmes de père malheureux roulaient dans sa barbe.

Tout ce qu'il avait eu peur d'entendre avait été démontré. Son fils unique, qu'il était si content de retrouver, était devenu un maître-chanteur et un incendiaire et sa seule motivation était financière. Il n'y avait plus aucun espoir que Gilbert soit mis hors de cause. Ses ambitions de père, qui souhaitait voir son fils réussir mieux que lui-même et avoir toutes les raisons d'être fier de son rejeton, filaient dans les herbes folles, que le vent soulevait sous le ciel noir. Il ne passerait pas ses vieux jours près de son fils. Il ne rattraperait pas le temps perdu en s'occupant de ses petits-enfants à naître. Il ne serait jamais grand-père pour compenser le père absent qu'il avait été. Il ne travaillerait pas aux côtés de Gilbert à la boutique-atelier. Il ne ferait rien de tout cela. Il n'avait plus rien. Ferdinand se sentait vieux, comme un bateau bon pour la casse, rouillé de partout et maintenant éventré dans sa coque et prêt à sombrer dans l'océan noir. Il pleura doucement, sans plus tirer sur sa pipe.

Lucien posa sa grosse main sur son épaule. Il savait qu'il n'y avait rien à dire, sauf à laisser le temps passer sur la route de l'oubli.

— Il va faire nuit, on va rentrer à Biarritz et boire un coup, proposa Lucien au bout d'un long moment. On trouvera Blain et on saura s'il a tué ton fils, je te le promets. Les collègues allemands ont fait aussi des prélèvements d' ADN sur le corps de Krung. On les comparera avec ceux trouvés sur Gilbert. C'est une question de temps...

Ferdinand pensa qu'il devait rentrer nourrir le chat Zébulon qui l'attendait.

CHAPITRE 35

Dans le Valais Suisse.

Près de la frontière avec la France, Martin Blain était assis sur le banc de la police intercommunale du Haut Lac pour attendre la fin de sa vérification d'identité. Il était serein, juste un peu impatient d'en finir en profitant du soleil qui traversait le carreau, pour lui tenir compagnie. Bien sûr, il s'était fait pincer bêtement avec plus de trente mille euros, mais il avait répondu à toutes les questions concernant l'argent qu'il passait frauduleusement. Il était certain qu'on le relâcherait bientôt. Ses papiers d'identité au nom de Chantal Dussaux, née à Paris le 29 juillet 1960 étaient parfaits. Aucun policier de France ne pourrait remonter jusqu'à lui. Il aurait peut-être une amende ou le séquestre d'une partie de la somme, au-dessus de dix mille Francs Suisse. Après, il retrouverait sa liberté, il en était certain. Sur une affiche, on racontait l'histoire de la ville. Il lut pour s'occuper l'esprit. Depuis mille huit cent soixante, une partie de la bourgade de « *St Gingolph* » était Helvète et l'autre Française. La frontière était matérialisée par la rivière de *«la Morge »*, descendant de la montagne pour aller se jeter dans le profond lac *Léman*. Martin Blain connaissait bien le coin. Avant d'être obligé de fuir, il faisait le trajet comme des centaines de frontaliers le faisaient chaque jour. Martin empruntait chaque mois le pont pour passer la frontière après la gare, à quinze mètres de la France. Il alimentait le compte en Suisse qui servait à payer la pension du jeune Gaspard. C'était une idée de Bertrand et d'un de ses confrères, pour éviter qu'on remonte à lui, à sa fille Irène, qui lui ramenait un petit bâtard déshonorant encore la famille. Comme si cela n'avait pas suffi avec Gilbert et son soudard de père ! avait-dit le grand Maître. Après l'accouchement d'Irène, dans une très belle clinique Suisse, le vieux avocat avait décidé de faire placer l'enfant. Il avait trouvé la famille idéale et tout c'était bien passé jusqu'à ce que Gilbert fouille et entraîne le malheur dans son sillage. Gilbert avait retrouvé le père de l'enfant de sa mère et menaçait de tout révéler, en le faisant chanter avec un livre médiocre racontant sa vie. Gilbert avait assommé l'écrivain Jean-Martin Dupré, pour lui reprendre le livre qu'Irène avait laissé pour lui, avec la photo de Gaspard dedans. Martin avait vu Gilbert se transformer en maître-chanteur, en incendiaire, tout cela pour de l'argent.

296

Martin avait suivi Gilbert à la maison de la nounou du petit bâtard et l'avait vu mettre le feu, pour effacer toutes traces des virements sur les comptes bancaires et pour détruire d'autres photos. Martin l'avait vu photographier des documents, avant de mettre le feu à la maison.

Gilbert avait décidé de tout contrôler, tout décider. Il voulait, seul, posséder tous les papiers, photos ou comptes bancaires qui pourraient lui rapporter gros, dans ses chantages répétés contre l'écrivain ou contre son grand-père. Martin avait eu du mal à croire que Gilbert ferait aussi chanter son copain allemand. C'était plus fort que lui, tout ce qu'il savait de l'activiste valait cher, il n'avait pas pu résister. Martin avait cependant eu la certitude que tout cela devait s'arrêter. Gilbert n'avait eu que ce qu'il méritait. Il ne regrettait pas de l'avoir vu se faire piquer comme un chien enragé par Krung. Il avait juste filmé la scène sans intervenir. Tapi dans l'ombre, il avait aussi vu l'accident de Krung, enregistré aussi, sans indication de la plaque trop inclinée. Il s'était dit que parfois, c'est utile de suivre les gens, même si Bertrand désapprouvait l'exercice. Le seul regret de Martin était le décès du Maître, qui l'avait recueilli et aimé. Le vieil avocat avait tout de suite compris l'implication de Martin, dès que son fidèle ami avait pris la fuite. Il ne l'avait pas supporté. Tout cela était encore la faute de Gilbert, Martin en était sûr.

Dans l'avenir, Martin se dit qu'il devrait éviter le côté Français du village car il était activement recherché. Il avait déjà réservé pour le soir même, une chambre d'hôtel côté Suisse, avec vue sur le lac Léman. Cependant, il savait qu'il devrait tôt ou tard, rejoindre le chalet de montagne que Bertrand avait acheté près de Genève, à soixante-cinq kilomètres de là. Il devait y récupérer aussi quelques papiers et photos, sans trop savoir encore comment entrer dans la grande bâtisse, surveillée par la police. Il verrait ça plus tard, quand l'affaire retomberait un peu. Il savait aussi que la mer de Biarritz lui manquerait, avec, ses vagues noires l'hiver, son écume rugissante. Il aurait même donné cher, une blague Suisse, pour retrouver sur le port de Bayonne, l'odeur des têtes de poissons putrides, ramenée par les vents de mer. Il aurait encore voulu flâner sur le port des pêcheurs et sentir les restes de friture laissés pour les mouettes et les goélands. L'odeur de la mer, c'était sa madeleine à lui, ceux qui ont vécu près d'un port, en Atlantique ou en mer du Nord comprendront. C'était sa vie heureuse d'avant, avec Bertrand. Mais son maître était mort.

Il repensait aussi à la « *Villa l'Aurore* » et à tout ce qu'il avait laissé là-bas, de ses godets aquarelles, en passant par ses robes offertes par Bertrand. Son ami, son Maître, dormait maintenant près de sa famille et ils étaient séparés à jamais, si brutalement.

Pour son enterrement, au cimetière, il les avait bien eus, tous les flics présents. Martin en souriait encore, tout seul sur son banc. Il ne pouvait pas laisser Bertrand aller sans lui dans sa dernière demeure, il devait être là. Alors, il s'était glissé parmi les notables habillés de noir, passant incognito avec sa voilette de deuil, ses longs cheveux noirs relevés en chignon, au bras d'un apprenti gentleman, rencontré sur le parking du cimetière, très intéressé par son grand décolleté. L'homme l'avait aidé à se relever quand Martin avait fait semblant de s'être foulé la cheville en tombant. Le quinquagénaire aux cheveux dégarnis avait regardé sa bouche rouge, tordue par la pseudo-douleur. Ensuite, ses yeux s'étaient perdus dans ses seins en silicone, avantagés par un pull à l'encolure ravageuse. Les hommes sont ainsi faits. En claudiquant juste ce qu'il fallait, Martin était passé incognito au bras de l'inconnu, devant les deux enquêteurs qui gardaient la grille principale. Quand le père de Gilbert s'était absenté de son poste pour guider le journaliste, Jean-Martin Dupré jusqu'à la tombe d'Irène, Martin avait proposé à son chevalier servant, avec un sourire enjôleur, de passer un bon moment après la cérémonie. L'homme aux yeux pervers et au lourd parfum de séducteur s'était penché vers la bouche rouge de Martin. Tout de suite, il avait été d'accord pour rejoindre rapidement la voiture, rêvant déjà à la gâterie qui l'attendait. En sortant, bras dessus, bras dessous, Martin avait fait tomber l'enveloppe de son sac à main, presque à l'emplacement exact où Ferdinand se trouvait, quelques instants avant. Il ne voulait pas que le petit bâtard meure. Il en avait même pris grand soin, quand il l'avait sorti de la cave pour l'emmener au sanatorium. Il avait dû quand même lui injecter un médicament anesthésique à action rapide. Le produit avait été facile à trouver à l'hôpital où un ami de Bertrand était cardiologue. Martin accompagnait souvent l'avocat là-bas et personne ne se méfiait de lui quand il déambulait un peu dans les couloirs, en attendant la fin de l'examen médical du Maître. Gaspard n'avait pas eu le temps de crier, de le reconnaître ou de se débattre. Martin l'avait allongé sur la banquette arrière avec une belle couverture en alpaga beige. Henri, un ancien client de Bertrand, l'avait aidé à le ficeler dans la maison abandonnée. Malgré son grand âge, Henri n'était pas seulement un grand vieillard inoffensif. Il avait eu plusieurs fois affaire à la justice et il devait plusieurs services au Maître, qui s'était souvent occupé de ses dossiers, sans rien lui demander.

*

Sur son banc inconfortable, Martin pensa qu'il était gentil, qu'on ne trouverait pas grand-chose contre lui. Bien sûr, il avait dû faire peur à Irène sur la falaise, elle avait reculé plus vite que prévu. De toute façon, elle voulait en finir et elle faisait du souci à son père. Il avait voulu arrêter les débordements de Gilbert et faire, cesser les troubles qui contrariaient Bertrand. Mais Josef Krung avait fait le travail à sa place. Martin en avait la preuve sur son téléphone. C'était une grande satisfaction pour lui.

Il pensa aussi qu'il s'était bien amusé à la fin de l'enterrement. Après avoir laissé ses indications pour retrouver Gaspard, il avait été facile et jouissif de se défaire de son cavalier entreprenant, d'un coup de genou bien placé. Déjà sur le chemin menant à la voiture, il avait commencé à malaxer la grosse poitrine en latex de sa compagne d'un jour. Martin avait dû s'en débarrasser vite, avant que son accompagnateur ne s'aperçoive qu'il était tombé sur un homme travesti. Martin avait couru jusqu'à la voiture verte de Bertrand, en enlevant juste sa voilette noire pour rouler à tombeau ouvert vers la frontière Suisse. Au premier barrage de police Française, la belle femme qu'il était, avec sa poitrine généreuse et ses lèvres rouges, au maquillage soigné et aux longs cheveux noirs, était passée sans encombre. Ses lunettes dorées mettaient en valeur ses yeux aux lentilles bleues, agrandis par des faux-cils façon cabaret. Ses bagages de luxe regorgeaient de lingerie fine et de robes affriolantes. Le tout avait fini de convaincre le policier qui examinait très professionnellement son vrai-faux passeport.

Au second barrage, à la frontière Suisse, il était devenu une grosse femme commerçante blonde aux yeux verts, au ventre rembourré avec des oreillers qui servaient de support à une poitrine toujours aussi généreuse. Il se présenta devant les policiers, avec assurance, au volant d'un gros Range Rover noir. Martin avait pris la peine de se procurer un autocollant vert, « Rien à déclarer » auprès du bureau des douanes. Il l'avait apposé sur son pare-brise, pour appuyer ses dires et s'était engagé dans la voie de circulation réservée. Tout lui avait semblé parfait. Cependant, quand Martin s'apprêtait à accélérer, il avait entendu un homme siffler. Ses palpitations cardiaques s'étaient soudain accélérées. Martin avait vite réfléchi, s'arrêter ? Cela n'était peut-être pas pour lui, ce coup de sifflet. Filer à toute vitesse ? C'était une déclaration de culpabilité. Martin avait montré sa carte d'identité Française et précisé qu'il se rendait en Suisse pour ses affaires, sans rien avoir d'autre à déclarer, comme l'indiquait le macaron octogonal vert du pare-brise. Malgré sa belle assurance, on lui intima l'ordre de descendre du véhicule et de se ranger sur le côté. La grosse dame blonde qu'il était s'était exécutée, en bougonnant à la Française. Les fonctionnaires avaient ouvert le coffre et la boîte à gants, sans rien y trouver. Martin avait pensé à laisser toutes ses affaires dans la voiture verte de Bertrand. Il avait abandonné le coupé sport, sur le parking d'un garage. Le plus vieux des deux fonctionnaires avait inspecté l'habitacle et soulevé les tapis de sol. Il avait remarqué quelques journaux sur la banquette arrière, qu'il avait retourné et secoué. Puis, plus par acquit de conscience que par suspicion, il avait fait bouger un peu les déchets, jetés négligemment sur le tapis de sol. Il y avait pêle-mêle des canettes de soda pliées, des papiers de bonbons et de gâteaux secs. Enfin, sous le regard affolé de Martin, le fonctionnaire avait déplié l'une des canettes tordues pour en sortir, par une fente sous la pliure, plusieurs liasses de billets de cinq cents euros. Satisfait de sa trouvaille, il avait renouvelé l'opération sur la deuxième canette. Pareillement, il en avait retiré plus de quinze mille euros en grosses coupures neuves. Martin les avait mis dans sa doublure de manteau, négligemment pendu depuis plusieurs mois, dans le hall, à une patère en cuivre de la « *Villa l'Aurore* ». C'était une occupation de chaque jour pour lui, de regarder ou de coudre son pardessus tirelire, en laine et cachemire. Il se félicitait d'avoir été prévoyant. Il se souvint aussi de sa satisfaction d'avoir pu prendre le manteau, avant de quitter la maison pour toujours. Il avait pensé que tout cet argent, patiemment cousu dans sa doublure, allait lui permettre d'attendre des jours meilleurs. Après, fourrer l'argent dans les canettes vides avait été un jeu d'enfant. Sur l'autoroute, il avait acheté pour ce faire, un petit ciseau à ongles pour dame. Il suffisait juste d'éviter de se couper avec le métal tranchant et de bien sécher l'intérieur de la canette, un passe-temps minutieux mais agréable.

*

Sur son banc trop raide, Martin mâchait plus fort son chewing-gum pour dissimuler son impatience, teintée d'une légère inquiétude qui grandissait. Il chassa une grosse mouche qui bourdonnait autour de sa perruque. Il commençait à avoir chaud dans son accoutrement et se demandait pourquoi une simple vérification d'identité prenait tant de temps. Il avait tellement joué de malchance. Il regarda les photos de son téléphone pour s'occuper en attendant la suite des évènements. Un policier comptait calmement les billets étalés sur son bureau. C'était tranquille, le grand rêve helvétique avec une ambiance feutrée de paradis vert. Soudain, le téléphone du bureau sonna pour rompre la monotonie de la scène. Le vieux policier Suisse mit le haut-parleur. Alors, la voix du capitaine Lucien Andriani résonna.

Martin eut un sursaut et ses yeux s'agitèrent en tous sens, la neutralité Suisse n'était plus ce qu'elle était. De sa place, par une fenêtre entrouverte, pour faire sécher le sol lavé, il voyait une cour avec des arbres, avec la ville au loin. Il n'y avait pas de barreaux. Très vite, il se dit qu'il fallait tenter le coup, puisqu'il n'avait pas de menottes, puisqu'il n'avait rien fait, après tout. Il se leva d'un bond et se précipita au-dehors en se jetant par la fenêtre, sans papiers, sans argent, sans voiture, sans vêtements de rechange, avec ses faux seins qui bringuebalaient dans sa course folle. Il courut comme un fou en direction de la voie ferrée. Il voulait monter dans le train, à quinze mètres de la frontière et ne pensait plus qu'à cela. Même s'il ne savait plus trop ou aller, il voulait quitter le poste-frontière Suisse. Deux femmes, assises sur un banc public, se retournèrent pour voir la grosse dame qui courait à perdre haleine, en soufflant fort et en se tenant les seins. Près du but, Martin entendit les sifflets des policiers qui faiblissaient au loin. Mais déjà, les voitures de services à sa poursuite, avec sirènes et feu bleu enclenchés se rapprochaient. Martin continua à courir pour rejoindre le pont avec son panneau frontière.

Selon les témoins, une des voitures de service lancée à plus de cent cinquante kilomètres à l'heure, fonça vers lui, dans une zone limitée à cinquante. Le véhicule fit une embardée sur le trottoir derrière le fugitif. La voiture de police fit un tête-à-queue, se redressa, se cabra comme un cheval fou et le faucha par-derrière. Sous le choc, Martin Blain s'envola par-dessus le pont, avant le panneau « frontière », pour aller s'écraser sur les pierres, en contrebas. Ses petits yeux noirs à la lueur si métallique étaient restés ouverts. On aurait dit qu'il interrogeait le ciel pour comprendre pourquoi il avait fini là.

Dans ses affaires personnelles, outre son téléphone avec lequel il avait filmé la mort de Gilbert par la main de Josef Krung, la police trouva dans sa chambre, un gros journal confident. Martin Blain racontait tous les jours, sa vie à la « *Villa l'Aurore* » Il parlait de

Gilbert, de Bertrand-Henri Dupré, de la grossesse d'Irène, amoureuse de son oncle Jean. Sous sa plume à l'écriture ronde et enfantine, maladroite comme ceux qui n'ont pas fait d'études, il parlait de ses filatures, celles d'Irène, de Jean-Martin Dupré, de Josef Krung et de Gilbert. Jour après jour, il notait les visites de Gilbert à son grand-père. Il rapportait les cris, les insultes, les commentaires du Maître sur sa fin de vie difficile, à cause de son petit-fils.

Le grand Avocat lui avait dit aussi que si c'était à refaire, il n'aurait pas exclu Ferdinand pour l'éducation de son fils. Lucien ne montra pas le journal à Ferdinand. Il pensa que c'était inutile de le faire souffrir encore, en lui donnant à lire, un portrait toujours plus déplaisant, de son fils unique.

On rapatria Martin Blain en France, pour rendre le corps à ses parents, après l'avoir fait présentable, suite à ses nombreuses blessures. Ils eurent du mal à dissimuler leur honte quand on leur remit dans un sac, la poitrine factice en latex de leur fils, ses boucles d'oreilles, sa perruque et son collier. Ils refusèrent de prendre le sac plastique, au motif qu'il était impensable que ces effets féminins appartiennent à leur fils. Pour eux, un changement d'identité ou de sexe n'était pas envisageable.

CHAPITRE 36

Liquidation totale.

Il restait beaucoup à faire pour vider la « *Villa l'Aurore* » avant la mise en vente. Le frère du grand Maître était présent avec Ferdinand et un confrère du prestigieux cabinet d'avocats, pour faire le tri avant l'arrivée de la société de déménagement. Toute la vie de Maître Bertrand-Henri Dupré se retrouvait emballée, dispersée dans les colis destinés aux ventes aux enchères ou pour les associations. Bien sûr, on retrouva de nombreuses photos, sur lesquelles personne ne s'attarda. Souvent, ces clichés représentaient un homme jeune, grand et mince, aux yeux noirs perçants. Parfois, il y avait des photos, comme celles de la fête annuelle du barreau, avec des couples d'hommes souriants et déguisés en femmes. Le tout finissait invariablement à la poubelle, surtout jeté par la main de Jean. On n'allait pas garder ça, ce n'était pas assez glorieux pour la mémoire du Maître. On conserva juste les photos de famille, d'Irène, de sa mère et de Gilbert en plus de celle du Maître, avec sa robe d'audience noire et ses décorations pendantes. Ferdinand vit Jean, fourrer très vite dans sa poche un vieux cliché, où les deux frères posaient heureux avec leurs parents. C'était juste ça, une vie prestigieuse d'avocat de province, une belle carrière et une famille honorable. On conserva aussi les photos de prétoire, les manuscrits originaux de ses livres, en plus de quelques dossiers d'audience photocopiés qui retourneraient aux associés.

Enfin, la « *Villa l'Aurore* » fut vidée et vendue. Ferdinand n'éprouva aucune satisfaction en revenant faire un dernier tour de piste dans le grand manoir où il avait tellement voulu être intégré dans sa jeunesse. Il ne cherchait pas à prendre sa revanche sur la grande villa, d'où on l'avait si souvent évincé, lui, le marin pas fréquentable. Il ne voulait pas aller à la recherche des âmes vives qui y rôdaient encore.

Ferdinand fut convoqué comme Gaspard chez le notaire, avec le frère de l'avocat, pour l'ouverture du testament de Maître Bertrand-Henri Dupré. Le document était d'une grande précision, tout était prévu pour liquider les actifs, en l'absence d'héritiers réservataires, c'est-à-dire, d'enfants. Le quart de la succession qui devait revenir à Pauline, l'épouse décédée du Maître revint à son frère. Les deux-quarts restants revinrent pour la majorité à son petit-fils survivant, Gaspard et pour un quart, à Ferdinand Dupont, père de son petit-fils Gilbert.

Le Maître avait fait stipuler que son gendre, Ferdinand Dupont, devrait en contrepartie trouver un local pour réunir tous les travaux artistiques de Gilbert et en faire la promotion. Il avait aussi fait mentionner dans le testament, que Gaspard était bien son petit-fils. L'enfant de sa fille Irène était né en Suisse, de père inconnu. Son éducation avait été confiée à Monsieur et Madame Serra, pour pallier la fragilité mentale de sa mère. Plusieurs certificats médicaux, émanant de grands psychiatres Suisses ayant examiné Irène, confirmaient la défaillance de la mère. On la décrivait peu concernée par le nourrisson, préférant se complaire dans la dissimulation de sa grossesse. Aucune lecture complète des certificats médicaux ne fut donnée. Ferdinand eut une pensée émue pour Irène, qui devait déjà supporter son père. Il se dit que personne ne saurait jamais si elle avait rejeté l'enfant à cause du vieux ou, si vraiment, elle n'en voulait pas. Il ne put s'empêcher de choisir la première option, plus parlante sur les murs de la cabane de plage. Il serra les poings en pensant à son horrible beau-père, à qui il attribua la responsabilité de la mort d'Irène. Ferdinand était dégoutté et en colère. Il regarda Gaspard à la dérobée. Le jeune fils d'Irène ne paraissait pas concerné par les évènements. Il faisait tourner entre ses doigts un petit ours porte-clef, pour s'occuper, pendant l'interminable lecture testamentaire. Le jeune moussaillon hérita aussi de Berne, le bouvier bernois du Maître. Les legs, de la maison et des meubles meublants, destinés à Martin Blain, décédé dans l'accident en Suisse furent dévolus à une association internationale, regroupant elle-même sept cent cinquante associations LGBT. Le frère cadet de l'avocat fut pris d'une quinte de toux à l'énoncé de ce moment du testament et manqua s'étouffer, secouru par l'aimable notaire à grand renfort de verre d'eau.

Ferdinand rigolait dans sa barbe. Il se dit que le déshonneur avait un effet boomerang, qu'il pouvait aussi changer de mains, dans toutes les familles, même les grandes. Il avait lui, le marin, fait honte à l'avocat, qui faisait à son tour rougir de honte son frère en choisissant de léguer ses biens à une association jugée peu fréquentable par lui.

*

Ferdinand aussi devait gérer le bien de Gilbert et vider, trier, disperser tout ce que son fils avait accumulé au cours de sa vie d'artiste. Aidé de Gaspard, très vite remis sur pied, ils remplirent aussi des sacs pour les associations caritatives ou pour la poubelle. Tout ce qu'avait amassé Gilbert devait disparaître aussi après sa mort, comme pour ne pas polluer sa mémoire avec des objets inutiles, même les petits riens qui avaient fait le bonheur de l'artiste. Gaspard et Ferdinand gardèrent les tableaux à l'acrylique et récupérèrent ceux de la « *Villa l'Aurore* », qui furent livrés sur le bateau, un matin frais et humide.

Sur « le Continent » où dormait déjà le chat Zébulon sur une étagère basse du buffet, le chien Berne trouva tout de suite son coin, sous l'auvent du pont où il était attaché pour guetter le quai. Le jeune Gaspard prit quelques fringues de rechange. Le vieux marin récupéra quelques souvenirs d'enfance, dont un petit ours en paille au pied rongé, qu'il avait offert à son fils quand il était petit.

Ils enterrèrent Gilbert près de sa mère, de son grand-père et de sa grand-mère, dans le caveau de Maître Bertrand-Henri Dupré. C'était un matin pluvieux et les rafales de vent avaient peine à sécher les larmes du vieux Ferdinand, courbé dans son caban marin. Ses cheveux blancs dégoulinaient sur la laine de son écharpe. Ses mains noueuses tordaient son bonnet bleu qui dissimulait l'ours en paille de son fils. Près de lui, plusieurs marins venus le soutenir s'étaient aussi découverts, malgré la pluie. Il salua longuement les amis présents à la fin de la cérémonie et quitta le cimetière soutenu par Lucien, Jean-Martin et Gaspard pour retourner sur « Le Continent ».

*

Martin Blain, récupéré en morceaux sous le pont Suisse, fut enterré dans le même cimetière, à l'exacte extrémité. La famille de Martin Blain, qui l'avait tant rejeté pour sa vie dissolue et ses attirances contraires, le fit reposer aux côtés de ses grands-parents. Les dernières volontés du Maître qui voulait le garder près de lui furent rejetées. De toute façon, à l'ouverture du testament de l'avocat, son frère furieux, pensa tout haut que son ainé, tout grand avocat qu'il était, avait perdu la tête. Aucune personne sensée ne souhaite dans ce milieu, être enterré avec sa domestique.

Ferdinand, qui avait été si longtemps rejeté par son beau-père, à cause de sa position sociale déclarée peu enviable, pensa que la main du destin lui avait enfin rendu justice. Pour la dernière fois, Maître Bertrand-Henri Dupré n'avait pas réussi à faire respecter sa volonté, à se faire obéir. Même lui, Ferdinand, le père de Gilbert, n'aurait sûrement pas l'honneur de reposer dans le caveau de famille, un marin reste un marin, même mort. Prévoyant la promiscuité du tombeau, Ferdinand se dit que Maître Dupré avait dû prendre des dispositions pour éviter de supporter encore son "gendre", l'amant honteux de sa fille, le père incapable de son petit-fils. Le notaire n'en avait pas donné lecture, c'est tout.

D'après les résultats d'expertise communiqués à Lucien, on avait maintenant la certitude que Josef Krung, avait bien tué Gilbert. La police scientifique avait retrouvé des éléments pileux, poils, cheveux et pellicules du ressortissant allemand, sur le cadavre de Gilbert, dans la cave. Sur le téléphone de Martin Blain qui aimait tellement suivre les gens, on trouva une vidéo très sombre sur les derniers instants de Gilbert dans sa cave, avant d'être frappé par Josef Krung. Sur l'appareil de Gilbert, retrouvé dans les affaires personnelles de Josef, on releva de nombreux échanges téléphoniques avec l'allemand. Les deux amis parlaient souvent des contres-manifestations en préparation pour le contre G7. Il y avait aussi des selfies de deux hommes à la ressemblance troublante. Dans un message, Gilbert insistait auprès de l'activiste allemand, pour obtenir un plus gros dédommagement, rémunérant son sacrifice de lui céder sa place auprès de son grand-père, au cocktail d'ouverture du G7. Il avait également gardé la réponse de Krung, l'informant qu'il avait une enveloppe suffisante pour sa mission. Les deux hommes parlaient aussi chiffons par texto, l'un ayant repéré un sublime costume noir hors de prix, que l'autre pourrait porter aussi.

On ne retrouva pas le van noir filmé par Martin Blain, le soir de la mort de Josef Krung.

Lucien pensa qu'on ne saurait sûrement jamais si c'était un accident ou un contrat facile à exécuter. Il se dit que dans un sens, cette effusion de sang avait permis d'éviter un scandale diplomatique remettant en cause la sécurité Française.

CHAPITRE 37

L'écrivain, le marin, le détective et le moussaillon.

Toutes les peintures noires de Gilbert allaient bientôt rejoindre une belle galerie en centre-ville, grâce à la vente de son atelier et à l'argent touché par Ferdinand, en héritage de l'avocat. Le vieux marin avait trouvé une ancienne galerie associative et une stagiaire pour tenir les lieux. L'aménagement principal restait en place avec les cimaises d'accrochage. Gaspard et Ferdinand redonnèrent juste une couche de peinture blanche aux murs. Ils se rendaient souvent au local d'exposition. Ferdinand savait que l'endroit était idéal et que Gilbert aurait été content de voir son travail accroché, exposé, reconnu par les amateurs de tableaux noirs. Gilbert disait souvent que « *voir clair, c'est voir noir* », ce n'était pas de lui, mais du grand écrivain, «*Paul Valéry* ». Une approche philosophique pessimiste qui lui convenait bien, comme un art de vivre.

Pour son nouveau livre, l'écrivain Jean-Martin Dupré n'avait pas eu à chercher l'inspiration très loin. Ce livre racontait l'histoire de la famille d'un avocat de province, d'une famille déchirée par les conventions sociales imposées par une société bien-pensante où l'on aime bien les différences, mais de préférence pas chez soi. En fond d'écran, il y avait aussi les remous politiques du G7, pas si importants que ça, comparés au raz-de-marée que forment les lourds secrets de famille. Les océans montent au vu de tous, mais les familles sombrent en secret, éventrées par les réglements de comptes, avait écrit Jean-Martin Dupré.

Son livre débutait comme un conte de fées. Il était une fois un vieux marin qui aimait une jeune femme de bonne famille à qui il avait fait un enfant. Puis, la tragédie survenait, avec le décès de la femme, que son enfant devenu grand et partant à la dérive, allait suivre dans la mort. En parallèle, il y avait un notable autoritaire pas très aimé, mais craint pour sa puissance. Il était le père de la femme et le grand-père de l'enfant. Il avait depuis des années, une vie amoureuse secrète, dérangeante dans son milieu aseptisé, où ceux qui sortent des chemins tracés sont condamnés à peupler les prétoires ou les maisons d'arrêt. Et puis, il y avait un enfant caché, retiré très jeune à sa mère pour être placé sur décision de son grand-père avocat. Un enfant dont l'écrivain Jean-Martin Dupré était le père, ce qu'il n'avouerait jamais qu'à grands maux. Il laissait à Gaspard le choix des mots. C'était le livre de toute une vie, disaient certains critiques.

*

Gaspard apporta le café et regarda Ferdinand qui finissait de passer sa couche de vernis marine sur la table du bateau. Il admirait la force de travail du vieil homme, que rien ne semblait détourner de sa tâche quotidienne. Il savait que le vieux marin se plongeait dans les travaux manuels pour éviter de trop penser à Gilbert.

Il en avait parlé avec Lucien, de ce sentiment de culpabilité qui ne semblait pas quitter Ferdinand. Lucien avait fait le parallèle avec les trains qu'on a pas pris et qui déraillent, les avions qu'on a ratés et qui explosent en vol. Il avait dit qu'on culpabilise toujours d'être encore vivant, quand ceux qui nous chers sont partis brutalement, surtout les enfants. Il avait sûrement raison, être là au bon moment, ou pas, pour influencer ou changer le cours des choses, ce qui est peut-être écrit. Si, Gilbert n'avait pas eu son accident de moto et avait évité le camion, il n'aurait pas eu de grosses souffrances physiques et morales et donc, pas trop de revanches à prendre sur la vie. Personne ne peut savoir et avec des si, les bateaux finissent par rentrer dans les bouteilles. Tout dépend, comment on les plie, comment on les tire pour les faire entrer dans le verre. Cela demande beaucoup de patience et le temps fait le reste.

Gaspard retourna s'asseoir dans son transat et regarda la mer. Zébulon dormait sur son banc au soleil. Gaspard attendit patiemment que Ferdinand le rejoigne pour servir le café. Il était content de l'avancée des travaux, heureux de partager de bons moments avec le vieux marin. Avec la mort de Gilbert, il avait lui aussi perdu ses repères, tout ce qui fait les habitudes de tous les jours. La routine qui parfois nous lasse et qu'on regrette tout de suite, quand tout s'éparpille en morceaux. Maintenant il allait partir, prendre la mer, devenir un vrai marin. Cela le rendait gai, mais pas sans inquiétude, c'était un saut dans l'inconnu, même avec Ferdinand, le chat, le chien et la musique d'avant. Les dessins noirs de Gilbert, qu'il avait gardé sur le bateau, avaient recréé le décor, mais les objets ne restituent pas forcément l'ambiance d'antan, quand on les déplace. Le vieux marin s'était enfin assis sur le transat face à lui, le chien Berne à ses pieds comme un gros tapis douillet et Gaspard servit le café, dans les bols de Gilbert.

— Elles sont formidables toutes ces rénovations ! Merci Ferdi de m'aider comme vous le faites pour le bateau, on va bientôt pouvoir prendre la mer, j'ai tellement hâte !

—Tu vas avoir la belle vie moussaillon ! lança Ferdinand en souriant.

Gaspard regarda la ligne d'horizon voilée derrière Ferdinand. Il n'osa pas dire qu'il avait quand même un peu peur de partir, même s'il était content que le vieux marin parte avec lui. Cela lui faisait aussi peur que d'affronter la vague Belharra.

Il pensa qu'il devrait aussi le faire, un jour, plus tard. De toute façon, elle n'était pas annoncée avant le printemps.

Pour l'instant, toute l'affaire le hantait encore la nuit. Les images défilaient. La vie sans-souci d'avant n'existait plus et les visages, la cave, les restes de sueurs froides, revenaient dans le noir. Gaspard pensa qu'il avait vieilli de dix ans en quelques semaines.

— Comment on sait qu'on a eu une belle vie, Ferdi ? demanda Gaspard avec inquiétude.

Ferdinand eut un long moment de réflexion, comme devant une page blanche. Il songea qu'il n'avait que des regrets depuis la mort de Gilbert. La nuit, la souffrance l'étouffait et l'empêchait de dormir. Il n'en parlait pas.

— On sait qu'on a eu une belle vie Gaspard, quand on a accepté de faire face à toutes les épreuves traversées, sans fuite en avant. C'est loin d'être toujours facile, cela peut former une inquiétude permanente.

— Alors c'est comme quand on a un truc qui nous gratte dans notre passé, on doit l'accepter et aller de l'avant, sans se mentir ni essayer de l'oublier avec de mauvais prétextes, on est notre propre remède, ça vient de l'intérieur, c'est ça ? dit le jeune d'un ton hésitant.

Ferdinand approuva la pensée du jeune moussaillon. Il se dit que l'essentiel était d'avancer, il n'avait pas d'autres choix. Ils restèrent longtemps silencieux à regarder la mer qui avait été toute la vie du vieux marin. Ferdinand se devait de partir pour accompagner Gaspard, lui donner la main comme on la tend à un enfant qui fait ses premiers pas. Le vieux marin savait que la mer allait le prendre jusqu'au bout de sa vie de vieillard. Après, il irait rejoindre Gilbert et Irène, peut-être dans un autre monde. Ferdinand savait que ses os de marin ne seraient jamais assez propres pour le caveau familial. Il avait décidé de les donner à ronger aux poissons. Cette idée fraîchement mûrie depuis le cimetière, il s'y était fait. Il fallait juste faire attention à la mer. Par grands vents, quand les éléments se déchaînent, elle sait rendre les corps de marins, quand les vagues noires déferlent dans un rugissant flot d'écume blanche sur la grève.

Il reprit son pinceau abandonné sur le pot de vernis, en se moquant de Gaspard qui courait après les bâches de peinture que le vent emmenait. Le vieux marin et le moussaillon passaient un bon moment, de ceux qui laissent des souvenirs heureux.

*

Dans son nouveau bureau donnant sur le port de Bayonne, Lucien était installé comme enquêteur privé associé, depuis quinze jours. Il était satisfait de son nouveau travail qui ressemblait beaucoup à l'ancien. Il était juste plus libre de ses horaires. Ce soir-là, il attendait son rendez-vous de dix-huit heures, qui avait retardé sa visite, à cause d'un empêchement de dernière minute. C'était une vieille connaissance de l'école primaire. Il demandait de l'aide pour enquêter sur la mort de sa mère, dans sa cuisine de la tour où Lucien habitait aussi, quand il était arrivé à Bayonne. On n'avait pas encore retrouvé l'agresseur. Lucien s'était dit qu'il associerait Ferdinand pour reprendre l'enquête avec lui. Son ami avait des idées aussi noires que les tableaux de son défunt fils.

Le client était en retard. Lucien Andriani en avait profité pour terminer le livre de l'écrivain, frère d'un grand avocat de la côte Basque. C'était la première fois qu'il revivait un dossier familial, transformé en roman noir. Pour Lucien, de l'extérieur, une famille paraissait souvent mieux ou pire qu'une autre. Mais à l'intérieur, il savait maintenant qu'elle évolue ou explose, seule, dans son cercle fermé, sans même subir les remous de l'environnement politique. Bientôt, tout finirait par être nettoyé avec le temps, comme passé à l'étrille. Alors la vie pourrait reprendre son cours tranquille. Les quatre-saisons repasseraient dans une seule journée, le temps de deux marées. C'est toujours comme ça, dans les villes près de l'océan.

Biarritz, août 2019.

Edition : Books on Demand,
12/14 rond-Point des Champs-Elysées, 75008 Paris
Impression : BoD - Books on Demand, Norderstedt, Allemagne
ISBN : 9782322163151
Dépôt légal : Décembre 2019